Les Enfants de la Forêt aux rennes

KRISTÍN ÓMARSDÓTTIR

LES ENFANTS DE LA FORÊT AUX RENNES

Roman traduit de l'islandais
par Jean-Christophe Salaün

ÉDITIONS ZULMA
Paris • Veules-les-Roses

La couverture des *Enfants de la Forêt aux rennes*
a été créée par David Pearson.

Titre original :
Hér
Ómarsdóttir, Kristín

Cet ouvrage a été traduit avec le soutien de
ICELANDIC LITERATURE CENTER

Si vous désirez en savoir davantage sur Zulma
n'hésitez pas à consulter notre site.
www.zulma.fr

Z

À Sveinbjörg
et mes parents

UN

I

Les soldats traversent une prairie verte sous un soleil à son zénith. Ils déposent sacs et armes par terre le temps de retirer leur veste et de la nouer à leur taille robuste de soldat. Tous trois ensemble. Trois T-shirts blancs et trois pantalons verts se dirigent vers une ferme, où une maison à deux étages dépasse d'un gigantesque nid de haies et de grands arbres. Une vache meugle dans le pré à l'arrière. Quatre ou cinq poules se pavanent dans la cour. Se dressant sur ses pattes, un chien regarde le portail s'ouvrir. Quatre enfants, une femme âgée et un jeune homme sortent de la maison, les mains sur la nuque. Un instant plus tard, une autre femme leur emboîte le pas en tenant un plateau rouge. Une bouteille de lait, une cafetière argentée, trois verres propres, trois tasses, un couteau enfoncé dans un généreux pain de seigle. Du beurre et des œufs durs encore fumants pour les trois militaires. Une douce brise balaie le terrain d'un bout à l'autre. L'un des soldats s'essuie le front. Le deuxième regarde le troisième qui frissonne, pour se débarrasser de sa chair de poule, ou d'une pensée. Du côté est du portail, une épaisse table en granit enfonce ses pieds dans le sol. C'est là que se rend la femme au plateau. La brise gonfle sa jupe longue. Les autres habitants se tiennent devant les trois militaires qui piétinent sur le gravier. L'un des soldats tire sur la femme au plateau. La bouteille de lait ainsi que les verres explosent. La cafetière bascule par terre. Un filet de sang s'écoule des yeux de la femme tandis qu'elle s'effondre, les mains toujours serrées sur son plateau, et son visage se pose doucement sur la pelouse, comme s'il s'agissait d'un oreiller. Le sang s'étale parmi les brins d'herbe. Le cadet des enfants se précipite vers elle mais tombe à son tour. La vache émet un meuglement familier. Les poules accourent pour observer les deux corps sans vie. Le tireur baisse son arme. Ses deux collègues abattent le chien, la femme âgée, l'homme, deux enfants, mais la plus grande, elle, est épargnée – sans que cela pose question, semble-t-il. Elle baisse les bras le long de ses flancs. Un soldat remet la mitraillette sur son épaule et s'empare d'une des poules frimeuses. « J'ai toujours voulu tenir une poule dans mes bras », avoue-t-il. Les deux autres pénètrent dans la maison d'un pas prudent, brandissant leur arme, précédés de leurs bottes militaires. Pendant que le premier soldat câline la poule et lui invente toutes sortes de surnoms, la fille court se réfugier sous les buissons qui jouxtent le portail, dans un massif en arc de cercle dont le feuillage et les branches cachent les jambes des arbres comme des jupes de raphia. « Comme tu sens bon, ma petite poulette. Bien meilleur que je ne le soupçonnais. Hmm, ma poupoule », dit le soldat en enfonçant le nez dans son plumage. La fille lèche le sol au goût salé, les feuilles en décomposition, les cailloux sauvages et les mottes de terre en contemplant depuis sa cachette l'ami des animaux qui caresse la poule, inspecte ses yeux, lui ouvre le bec et regarde ce qu'il y a à l'intérieur. Cette minuscule langue. Aucune dent. Puis quelqu'un l'interpelle. Le soldat disparaît dans la maison, l'animal toujours serré contre lui. Sur le ventre, la fille se glisse encore plus profondément dans la végétation, jusqu'à un endroit que seules les bêtes rampantes peuvent atteindre. Le soleil a bougé. Il est une heure.

II

Les arbres s'agitèrent et les rideaux du premier étage se soulevèrent sous l'effet du vent, un mouvement qui aurait pu évoquer chez certains une robe de femme enceinte. La vache meugla dans son pré, réglée comme une horloge. La fille jeta un œil à travers le feuillage de sa cachette, discernant un caquètement en provenance de la maison. Normalement, les poules n'étaient pas autorisées à entrer, mais les temps changent, et deux d'entre elles franchirent le seuil. Enfin une occasion de visiter l'habitat des humains. La poule qui se trouvait à l'intérieur se mit alors à pleurer et à battre violemment des ailes – à croire qu'on s'apprêtait à l'écarteler. Aussitôt, ses deux comparses prirent la fuite. Trois coups de feu retentirent, résonnant dans toute la vallée comme si le son sortait de haut-parleurs géants parfaitement positionnés. Le soldat tira son camarade ensanglanté de la maison et l'abandonna à côté des autres corps. La vache meugla. Il s'essuya le front avec le dos de la main, retourna à l'intérieur et réapparut bientôt avec son autre camarade, tout aussi ensanglanté. Il s'essuya le front avec le dos de la main. Retourna à l'intérieur puis ressortit. La poule dans les bras. Humidifiant un mouchoir de poche avec sa salive, il entreprit de nettoyer les taches de sang qui parsemaient ses plumes. Puis il déposa l'animal dodu par terre, attrapa un tuyau d'arrosage jaune, remonta jusqu'à sa source et ouvrit le robinet. Un léger bruissement attira l'attention de la fille, qui vit alors le chat s'approcher d'elle. Elle y était terriblement allergique. Le soldat posa le tuyau d'arrosage et se dirigea vers les buissons. Le chat ressortit et vint frotter sa tête contre les bottes du militaire. « Mon petit minou », dit ce dernier en prenant la bête dans ses bras. La fille, qui avait vraiment très très envie d'éternuer, dut mordre dans une motte de terre.

III

Le soldat ôta son T-shirt et se lava le haut du corps avec le tuyau d'arrosage. L'embout, d'une jolie couleur orange, possédait trois réglages : un jet faible et irrégulier, un jet qui faisait plif plouf et un jet puissant comme le tonnerre. En l'occurrence, il devait être réglé sur le dernier. Le chat, arrivé à côté du plateau rouge, lapait le lait de la pelouse. Restée à l'écart des festivités, comme on pourrait le dire dans d'autres circonstances, la vache meuglait toujours dans le pré à l'arrière. Meuuuuh. Le soldat arrosa sa copine la poule, qui dansait avec le jet d'eau – on aurait dit qu'elle portait des talons aiguilles. Ensuite, il humidifia son T-shirt comme s'il s'agissait d'un chiffon, le roula en boule et s'essuya le torse avec, puis il le rinça, l'essora et le suspendit à la fine clôture en bois qui protégeait le lit de rosiers devant la grande porte-fenêtre ; de l'autre côté de la vitre, à l'intérieur, c'était l'emplacement parfait pour réaliser des portraits photographiques. Il s'empara du tuyau, but directement au jet, coupa le robinet et, suivi de la poule, il se dirigea vers le cabanon dont il força la porte rouillée d'un coup de pied avant d'en ressortir avec une pelle. Il disparut à l'angle de la maison, la poule toujours sur les talons, réapparut à l'angle opposé et contourna le buisson situé près du muret en pierre, derrière lequel on prenait autrefois plaisir à flâner dans l'herbe à l'abri du vent, à boire du jus de fruit, à manger des biscuits, à jouer aux petits chevaux, au jeu du moulin ou au backgammon. La poule réapparut à son tour et mit longtemps à retrouver son ami, car elle explorait le jardin à plus petits pas, des petits pas tout fins de poule – mais elle était bien heureuse de s'être fait un ami. Malgré un point de vue restreint, la fille remarqua que le soldat observait une partie du potager, puis elle le vit ouvrir la porte de la serre, faisant trembler la vitre un peu trop petite pour son cadre. À côté de la serre, il y avait de grands arbres élancés. C'est là qu'il commença à pelleter et creuser. La poule allant et venant autour de lui. Les autres poules s'approchaient puis reculaient, s'approchaient encore puis reculaient encore. Après avoir lapé tout le lait de la pelouse, le chat se glissa de nouveau auprès de la fille, que ce soit dans l'intention d'aggraver son allergie ou pas – peut-être voulait-il simplement devenir son ami. La fille finit par éternuer, et le chat fila rejoindre le soldat, enfoncé dans une tombe qui lui arrivait désormais à la taille. Une montagne s'était érigée près de la serre, et le matou s'étendit sur l'un de ses flancs, observant la pluie de terre qui s'échappait de la pelle pour former un nouveau relief à côté du premier. Le soleil décrivit un grand arc de cercle. L'heure du goûter sonna, l'heure du goûter passa. On ne voyait plus que la tête du soldat lorsqu'il jeta sa pelle au bord du trou et s'extirpa de la tombe. La fille ne put se retenir de faire pipi. Le soldat but au jet du tuyau d'arrosage, les muscles saillants. Il coupa le robinet, enfila son T-shirt et des gants de travail pour tirer le corps d'un de ses camarades vers la tombe encore fraîche. Suivit le deuxième. Puis ce fut au tour du jeune homme, de la vieille femme, de l'autre femme qui tenait encore le plateau rouge dans ses mains. Le militaire avait beau essayer de le lui arracher, rien n'y faisait. À la tombe, le plateau, à la tombe, il était prêt à mourir. Une cigarette coincée entre les lèvres, le soldat ramassa les plus gros bouts de verre dispersés dans l'herbe et les jeta dans le trou. Puis la cafetière, le pain de seigle, le beurre et les œufs durs.

IV

Le soldat s'empara de la dépouille du chien et la jeta dans la tombe. Il fit un saut dans la maison, réapparut les bras chargés de draps colorés. Enroula un des enfants dans un drap jaune, et hop dans la tombe. Le deuxième dans un drap orange, et hop dans la tombe. Le troisième aurait pu avoir droit à un drap bleu clair, mais finalement ce fut le rouge, et hop dans la tombe. La fille observa le drap bleu clair, abandonné dans l'herbe à côté d'un ballon jaune. Le soldat se dirigea vers le portail qu'il poussa dans un concert de grincements, puis il donna de petits coups de pied dans le gravier avec la pointe de ses chaussures. Il retourna dans la maison, où il resta un moment, puis il revint, tira un pull à col roulé bleu de son sac à dos et l'enfila. La poule s'approcha de lui alors qu'il allumait une cigarette. « Salut, ma poulette, jolie petite dame. » Crachant une volute de fumée, il jeta le drap bleu clair dans le trou. Les deux montagnes furent retournées à la terre avant le coucher du soleil. Il tassa consciencieusement la tombe toute neuve et, armé d'une brouette, alla chercher une portion et demie de gravier pour la recouvrir. Il s'assit à la table du jardin, où ses compagnons et lui auraient été invités à s'installer juste après midi, s'ils avaient accepté le café et le pain frais, le lait tout juste sorti du pis de la vache et les œufs qui n'avaient pas plus de quelques heures. Il alluma encore une cigarette – on fume beaucoup en temps de guerre. Le chat sauta sur ses genoux, mais dès que le soldat eut posé la main sur son dos, il déguerpit pour aller se réfugier sous les buissons. Le soldat se leva. La fille fit pipi dans sa culotte. Il s'immobilisa devant les buissons. Elle apercevait la pointe de ses chaussures et le bout de ses doigts. Il fit demi-tour et se redirigea vers la tombe, qu'il contempla un moment, tournant le dos aux buissons, un peu courbé – pour un soldat censé se tenir droit. Les ombres s'étaient allongées. Étirant chaque muscle de son corps, la fille s'extirpa du massif, mordit dans une mèche de cheveux et se risqua à traverser la pelouse. Les enfants ont le pouvoir d'être invisibles. Elle en avait souvent fait l'expérience. Vraiment très très souvent. En fait, les enfants sont invisibles la plupart du temps. La fille se tenait à présent derrière le soldat. Au bout d'une éternité, il se retourna et la regarda dans les yeux. Vêtue d'une robe blanche et sale à petits carreaux, de chaussettes et de souliers vernis de la même couleur, un nœud rouge dans les cheveux, elle avait les genoux pleins de terre, et éraflés à cause des orties et des branches, la bouche pleine de terre, les joues griffées, écorchées, les doigts pleins de terre, les ongles en deuil, et les vêtements trempés d'urine. Pas la trace d'une mitraillette dans le jardin. Elles étaient à l'intérieur. Elles lui étaient sorties de la tête. L'espace d'un instant, elle avait oublié les mitraillettes. Aïe, aïe, aïe.

Elles n'avaient pas quitté la maison, contrairement aux corps, mais si cela arrivait, autant s'enfuir. Oui, autant s'enfuir si nécessaire.

— Bonsoir. Je m'appelle Rafael, dit l'homme au pull à col roulé bleu en tendant la main.

— Bonsoir. Je m'appelle Billie, répondit la fille en s'inclinant avant de la lui serrer.

La poule s'approcha d'eux à petits pas. Elle ne voulait probablement pas rester à l'écart, selon toute vraisemblance.

V

Rafael alluma tous les plafonniers du rez-de-chaussée, et partit en quête des autres lampes dans le salon, la cuisine et l'entrée pour les allumer à leur tour. Ce type-là ne se souciait guère des économies d'électricité. Il alluma aussi la lumière dans les toilettes violettes des invités, dans le bureau qui contenait les dossiers administratifs, le coffre-fort et la porte-fenêtre derrière laquelle poussaient les rosiers. Dans la remise où l'on rangeait le papier toilette, les bougies, la nourriture en conserve et les bouteilles en verre vides. Billie était furieuse de le voir mépriser ainsi les règles de la maison, car il avait omis de retirer ses chaussures près de l'étagère prévue à cet effet dans l'entrée, mais elle décida de garder les lèvres scellées pour le moment. Elle ne les ouvrait pas facilement, sauf les fois où son cœur battait trop vite. De son côté, elle retira ses souliers vernis, parce qu'elle respectait les lois des adultes, c'était plus facile, et essaya de ne pas marcher sur les lignes, rouges en l'occurrence, des traces de sang séché qui descendaient de l'escalier et traversaient le couloir en son milieu avant de s'évanouir dehors. Elle examina discrètement les environs à la recherche des mitraillettes. Le coffre sous l'escalier était probablement assez grand pour accueillir leurs longs canons. La clé en étain se trouvait dans la serrure, comme d'habitude. Elle s'apprêtait à vérifier si le soldat surveillait son regard inquisiteur lorsque celui-ci posa la main sur son épaule et lui demanda si elle possédait une autre robe du dimanche.

— Je n'ai qu'une robe du dimanche, et ce n'est pas celle-ci, répondit la fille.

— Mais tu es si élégante !

— Ma robe du dimanche l'est beaucoup plus.

— Dans ce cas, tu veux bien aller la mettre ?

— On n'est pas dimanche. Ce n'est l'anniversaire de personne. Et si c'était l'anniversaire de quelqu'un, il serait de toute façon peut-être mort. Est-ce qu'on fête l'anniversaire des morts ?

— Non, plus maintenant. La population s'est rapidement accrue sur Terre, on n'a plus le temps de fêter l'anniversaire de tous les morts. Alors on les a regroupés le même jour, le 1er novembre de chaque année.

— Je l'ignorais, répondit Billie avec un ton de dame respectable – comme sa mère lui avait appris à faire lorsqu'elle s'adressait à un inconnu.

— Ce genre d'information n'atteint pas toujours

les lieux isolés comme cette ferme, où les trains ne passent pas, dit le soldat.

— Ni les avions, fit remarquer Billie, femme du monde qui, bien qu'ayant déjà voyagé en avion et en train dans des endroits majestueux, n'avait jamais entendu parler de l'anniversaire des morts – seulement de la fête de la vanité, célébrée le 14 janvier.

Une célébration familiale que ses parents ne manquaient jamais, avant que leur amour ne soit arraché avec les racines. Mais il n'avait pas de racines. L'amour de Soffia et d'Abraham ne s'était véritablement enraciné que dans le cœur de Billie. C'est un peu bête, de planter son amour dans le cœur d'un tiers – c'était du moins son opinion, à elle qui n'eut pas besoin de tourner la tête ou de bouger les yeux pour comprendre que le canon d'une mitraillette était dirigé sur sa nuque. Aux dernières nouvelles, la vanité avait plus de deux mille ans. « Va chercher ta robe du dimanche », ordonna Rafael, calme mais intraitable. Qui porte une arme peut s'autoriser le luxe de rester calme. Il possédait une voix grave et mélodieuse, tout le contraire d'Abraham, qui n'émettait que des sons stridents. D'ailleurs, Abraham n'était pas robuste et charpenté comme ce type-là, mais grand et tellement maigre qu'il semblait toujours sur le point de se briser en mille morceaux. Comment parvenait-il à tenir debout sans s'avouer vaincu face aux lois de la gravité ? C'est parce que je suis un pantin, lui avait-il expliqué de sa voix faiblarde et stridente. De ma tête s'échappe un fil uniquement visible aux créatures de l'autre dimension. J'en ai un à chaque main aussi. Trois fils suffisent à faire tenir debout le pantin que je suis. Les créatures, au nombre de trois, dirigent chacune son fil depuis une autre planète. C'est la raison pour laquelle je suis indécis, instable et désespéré. Elles me tirent chacune dans une direction différente.

Papa, est-ce que je suis un pantin, est-ce que je suis un pantin, Papa, est-ce que je suis un pantin ?

Non, et ta maman non plus, vous avez de la chance ; mais j'ai de la chance aussi, parce que je *veux* être un pantin.

Papa, est-ce que ta voix est stridente parce que tu es grand et que ça étire tes cordes vocales ?

Non, c'est surtout parce que le marionnettiste en charge de ma voix me prenait pour un pantin de comédie, c'était ma vie avant que je rencontre ta maman. La pauvre, je la plains de devoir m'écouter. C'est pour ça, Billie – et chut, ne le répète à personne – que je me tais parfois pendant des jours entiers : pour qu'elle ait la paix. Ma voix ne colle pas à une vie de scientifique comme celle de ta mère, mais elle va très bien à la vie avec ma fille. Ahçaoui.

Si je grandis un jour, je serai maigre et longue, et moi aussi je deviendrai un pantin.

Abraham posa un doigt sur les lèvres de sa fille :

Réfléchis bien avant de faire un vœu, mon enfant, car il finira par se réaliser.

La mitraillette contre la nuque, Billie grimpa l'escalier fabriqué à partir d'épais rondins de bois, en prenant garde de ne pas marcher sur les traces de sang séché. Celles-ci n'étaient pas le fait du boucher qui abattait les agneaux et les poules, noyant la pelouse de sang. La terre aime boire le sang, lui disait le propriétaire de cette belle collection de couteaux, avec sa fabuleuse moustache et sa bedaine proéminente – les bouchers doivent avoir de la bedaine, sinon les gens se méfient de leur viande. Les copieuses quantités de sang avaient formé dans l'étroit couloir de l'étage un motif si chargé que la fille avait la plus grande difficulté à trouver des espaces immaculés assez grands pour accueillir son pied tandis que le fantassin lui enjoignait d'avancer sans lui laisser le temps de réfléchir, alors qu'elle était en chaussettes et lui en chaussures. Elle avait beau regarder les pieds chaussés du soldat, puis les siens, puis ceux du soldat à nouveau, puis le linoléum, certaines personnes ne comprennent pas les choses si on ne les dit pas à voix haute. Elle pénétra sur la pointe des orteils dans la chambre aux lits superposés rouges, ouvrit l'armoire de la même couleur et s'empara de la robe du dimanche. La penderie accueillait bien d'autres robes, parce que Soffia estimait qu'une fille comme Billie devait pouvoir faire son choix parmi une multitude de tenues exceptionnelles, et Abraham était d'accord : Notre fille mérite d'être élégante. Billie étendit la robe du dimanche sur le tapis vert. « Tu as besoin de sous-vêtements propres, de chaussettes, d'un maillot de corps et j'imagine que tu as un joli pull quelque part », dit le soldat. Elle en avait un jaune. Avec le canon de sa mitraillette, il passa en revue les robes suspendues et les vêtements pliés sur les étagères, puis il lui tendit une paire de chaussettes blanches, une culotte et le pull jaune : « Prends tout ça et va dans la salle de bains. » On ne met des chaussettes blanches que le dimanche, aurait-elle pu lui rétorquer, mais elle garda le silence et lui prit les vêtements des mains. Dans la grande chambre à côté de la salle de bains, la lampe de chevet gisait par terre. Voilà quelque chose qui avait changé. Jusqu'ici, la lampe de chevet s'était toujours trouvée sur la table de chevet.

Soucieuses d'épargner leur mémoire, certaines personnes tiennent à ce que les objets restent à leur place, parce qu'on finit par perdre la tête quand tous ces trucs et bidules qui sont censés nous servir – et non l'inverse – bougent sans cesse. Si on passe son temps à chercher les choses, on manque de respect envers notre mémoire, qui préfère de loin conserver les jolis moments, un peu comme une princesse a ses boucles d'oreilles préférées. C'était ce que lui avait dit quelqu'un – sa mère, son père, un visage dans un film. Elle se rappelait précisément qui, mais s'en souvenir représentait un risque qu'elle n'était pas prête à prendre.

La question qui se pose, avait répondu son père, sa mère, un autre visage dans le film, c'est de savoir si nous ne dépensons pas trop de cette énergie précieuse que possède la mémoire à essayer de nous rappeler où les objets doivent être rangés. Le trousseau de clés a son adresse ici. La lampe de chevet a son adresse sur la table de chevet. Le carnet d'adresses des babioles peut devenir effroyablement long et finir par prendre trop de place dans la mémoire. Celle-ci se porte-t-elle mieux dans le chaos ou dans l'ordre, sachant que l'ordre est sûrement dirigé par les neurones de la mémoire elle-même ?

On pouvait ainsi débattre à l'infini des fonctions du cerveau. Une lampe de chevet qui ne se trouve pas sur une table de chevet n'est plus qu'une simple lampe.

— Déshabille-toi et grimpe dans la baignoire, dit Rafael en s'asseyant sur les toilettes et en pointant sa mitraillette sur la fille.

Il devait avoir à peu près le même âge que Marius, il était donc beaucoup beaucoup plus jeune qu'Abraham, qui refusait cependant de compter les années qui s'ajoutaient : Les années me font maigrir, pas grossir. Elles ne s'accumulent pas sur moi. Elles me taillent comme si j'étais un morceau de bois. Dans mon cas, il serait plus avisé de les soustraire que de les ajouter. Et Billie était d'accord. Petit à petit, son père disparaîtrait. Elle retira lentement ses vêtements. Comme un archéologue ôtant les bandelettes d'une momie, ce qu'elle était presque littéralement à ce stade.

— Tu fais souvent pipi dans ta culotte ? demanda le soldat.

— Non.

— Il fait nuit tôt dans la région ?

— Je ne sais pas. Je n'ai que onze ans.

Rafael posa son arme sur le lavabo et ajusta le mitigeur avec la précision d'un journaliste d'investigation, ou d'un barman expert en cocktails : la bonne quantité d'eau chaude mélangée à la bonne quantité d'eau froide, en respectant le fait que la peau d'un enfant est sensible à l'une comme à l'autre. Faisant passer le jet dans la douchette, il mouilla les cheveux terreux et le corps de la fille. Appliqua un shampooing jaune sur sa tête et rinça la mousse d'un gris brunâtre. Fermant le robinet, il lui tendit le savon vert à l'huile d'olive. « Tu peux te laver toute seule », dit-il avant de reprendre place sur le siège des toilettes, se massant le front et les yeux. Billie se savonna les paumes, les coudes, un peu le ventre, la plante des pieds et les orteils qui disaient « coucou » d'une voix imperceptible, puis elle s'exclama : « Fini ! » Il la rinça avec la douchette, coupa l'eau, attrapa la serviette jaune posée sur l'étagère, lui sécha les cheveux et le corps, lui ordonna de sortir de la baignoire et lui essuya énergiquement les jambes, les pieds et les orteils. Il enroula ensuite la serviette autour de ses cheveux longs et façonna une coiffe comme celles que portent les femmes en Afrique. Avant que la guerre ne commence, Abraham avait l'intention d'y emmener Billie. Tous les deux. Abraham et Billie en Afrique, main dans la main. Au gré de la route. Avec une petite valise. Ils n'auraient pas besoin de grand-chose. Juste des vêtements de rechange. Des lunettes de soleil, de l'argent. Soffia leur en enverrait. Son père avait un joli porte-monnaie en cuir marron. Waouh, comme il était vide la dernière fois qu'elle l'avait vu. Waouh, comme il était beau, quelle que soit son épaisseur.

— Nous, les militaires, on a de la chance d'avoir les cheveux courts, sinon on passerait notre temps à les laver et à les sécher. Ce n'est pas trop dur, d'avoir les cheveux aussi longs ?

Elle secoua la tête avec des manières de nana, parce que c'était une nana en herbe, une nénette, une petite femme, comme disait son père, autoproclamé expert sur la question, et lorsqu'il demandait son avis à Soffia elle acquiesçait, catégorique : oui, Billie avait le potentiel pour devenir une nana à tomber. De celles qu'on n'oublie pas. Reprenant sa mitraillette abandonnée sur le lavabo, Rafael lui dit d'enfiler ses vêtements du dimanche, puis il se rassit et se frotta les yeux. C'est fou comme il était fatigué, tired, cansado, épuisé, trött, træt, jamais elle n'avait vu un homme aussi fatigué, ni dans la vraie vie ni au cinéma.

VI

Vêtue de sa robe du dimanche et de son pull jaune, elle descendit l'escalier sur la pointe des pieds avec ses chaussons ornés de têtes de lapins. Ne pas marcher sur les lignes, ne pas marcher sur les lignes. Rafael lui ordonna de s'asseoir à la table de la salle à manger, où elle aperçut le cahier du petit garçon de sept ans qui apprenait à écrire le matin même – à présent devenu soir –, à côté de l'atlas qui la suivait partout depuis qu'elle avait un an. Il ne fallait pas prendre les frontières et pays représentés pour argent comptant, car le volume datait de bien avant sa naissance ; il arborait des couleurs vives et contrastées, des pays jaunes, verts, roses, rouges, bleu foncé, violets, bordeaux, bleu clair, vert fluo. Derrière la verrière séparant la salle à manger de la cuisine, le soldat s'échinait aux fourneaux ; de part et d'autre, le mur était recouvert d'étagères qui accueillaient les rapports annuels de l'association des agriculteurs, des écrits religieux, des manuels scolaires pour enfants de six à douze ans, des livres sur l'arboriculture, les plantes potagères, la culture sous serre, quelques dictionnaires, des recueils de poésie pour écoliers, mais également des boîtes de crayons de couleur, des coffrets d'aquarelle, des paniers en plastique rouge contenant les jouets des enfants, des pinceaux, des crayons à papier et des marqueurs dans un pot, un annuaire et un paquet de bougies. Le visage de Rafael apparut derrière la verrière : « D'où viennent les tomates ? » demanda la bouche tandis que la main en agitait une. Billie répondit : « De la serre. » Le visage disparut. Le robinet de l'évier s'ouvrit, se referma. Un crépitement parvint aux oreilles de Billie et à l'odeur de café provenant de l'autre côté du mur s'ajouta bientôt celle des œufs au plat, s'immisçant par la verrière. Les deux odeurs empruntaient chacune un chemin différent pour atteindre le sujet, assis à la table de la salle à manger. Billie appuya la joue sur sa main. Elle réfléchit. Dans des moments comme celui-ci, il fallait impérativement s'accorder un peu de réflexion. Était-elle détenue, otage, prisonnière de guerre, butin ? Se tournant sur sa chaise, elle observa la grande fenêtre du salon qui reflétait la pièce tout éclairée car, derrière le reflet, la nuit s'était insinuée dans le jardin. La cloche de la vache tinta. Noyée dans les ténèbres, la bête parcourut les quelques pas qui séparaient le pré en contrebas, qu'elle occupait le jour, de son abri nocturne près de la maison. Ce colosse d'os, de chair et de muscles. Et si Billie sautait par la fenêtre pour rejoindre la route et se cacher en attendant qu'un véhicule passe ? Mais on pouvait compter sur les doigts d'une main les voitures qui avaient emprunté la nationale au cours des derniers mois. Le soldat tirerait à l'aveugle dans la nuit. Celui-ci posa deux assiettes sur la table. L'une avec trois œufs, l'autre avec un seul. Les deux contenaient une bonne ration de haricots blancs à la sauce tomate en conserve et des tomates frites à la poêle, pour ne pas dire brûlées. Elle ne supportait pas le goût du brûlé. Il apporta ensuite deux tasses de café fumant. À son troisième voyage, il revint avec la mitraillette et un verre de lait rempli à ras bord qu'il posa devant elle, se souvenant visiblement qu'elle n'avait que onze ans. Billie n'avait jamais goûté au café, parce que son père disait que cela stoppait la croissance chez les enfants, or elle comptait bien devenir grande et fine. Une fois assis, Rafael plaça d'un geste affecté la mitraillette en équilibre sur ses cuisses. Elle s'en aperçut parce qu'elle n'avait pas les yeux dans sa poche. Pourquoi naître avec une paire d'yeux si on ne s'en sert pas ? Il lui tendit une fourchette et entama lui aussi son repas, engloutissant une bouchée après l'autre sans jamais fermer la bouche, soudain atteint de diarrhée verbale, phénomène maintes fois observé chez les gens qui mangent des œufs. Mais malgré les œufs, les phrases de Billie restaient bloquées dans sa gorge, parce que ses mots à elle refusaient d'obéir aux règles.

— C'est la salle à manger la plus agréable que j'aie jamais vue, sans parler du salon attenant. Un fauteuil à bascule, ça donne toujours une atmosphère douillette. Celui-ci est particulièrement beau. Un authentique fauteuil à bascule. Un authentique fauteuil à bascule. Excellente idée d'avoir mis une peau de bête sur le siège. C'est sans doute du daim. Il y a des daims dans la vallée ?

— Non.

Comment Billie était-elle censée le savoir ?

— Et cette vieille chaîne hi-fi, un régal. Un ami de mon père en avait une du même genre quand j'étais petit. Le temps se fige dans ces coins reculés alors que presque partout ailleurs, on a tout jeté. Ça faisait longtemps que je n'avais pas vu des enceintes en bois. C'est si beau. Le bois et la musique. Ça va bien ensemble. Le bois et la musique. Ça sent bon, ici. Tu aimes faire des puzzles ? demanda-t-il ensuite.

— Non.

— Mais tu aimes dire non, Billie ?

Que cet homme ose employer son nom de baptême alors qu'ils se connaissaient à peine. Quand Soffia l'utilisait, c'était pour appuyer son propos. Quant à Abraham, il l'employait lorsqu'il voulait que Billie lui donne ses lunettes ou autre : Billie, rends-moi service et va chercher ma montre sur la table de chevet. Sur la table de chevet. Sur la table de chevet. Sur la table de chevet. Sur la table de chevet.

— Je dis la vérité, rien que la vérité, répondit-elle à cette question aussi insolente qu'impitoyable.

C'était la meilleure chose à faire, quelles que soient les circonstances.

— Mange ton dîner, petite fille.

— Je ne suis pas petite.

— Oui, pardon, tu es grande. Onze ans. Je te prie d'excuser ces paroles qui peuvent être mal interprétées. Quand j'étais petit, on m'appelait souvent petit homme. Et j'aimais bien ça.

— Dans ce cas, appelle-moi « petite femme ».

— C'est grossier, de dire « petite femme » à une dame respectable. Mange ton dîner, répéta-t-il, car elle n'avait pas touché à son assiette.

— Je ne mange jamais avant qu'on m'ait souhaité « bon appétit ».

— Bon appétit, dit Rafael, poursuivant son repas avec voracité – il faut dire qu'il avait beaucoup travaillé, à tuer des gens, pelleter, creuser, les enterrer, laver une fille petite et pas petite, préparer à manger et donner des ordres.

Billie entama son repas d'un geste lent et maîtrisé, prenant exemple sur son père. C'était l'occasion ou jamais de s'inspirer de ses bonnes manières à table. Rafael racla son assiette et mâcha les dernières bouchées, s'il était encore possible de mâcher la nourriture à ce stade. Il vida son mug de café d'un trait, sa pomme d'Adam montant et descendant comme un ascensor, elevator, ascenseur. De mémoire d'homme, son père possédait l'une des pommes d'Adam les plus étranges et laides, car elle avait été façonnée au couteau par un fabriquant de pantins sur une autre planète. Rafael aussi avait une étrange et laide pomme d'Adam. Peut-être un pantin.

VII

Rafael hissa la mitraillette sur son épaule et débarrassa la table. En revenant de la cuisine, il pointa son arme sur Billie :

— Tu peux jouer pendant une heure avant d'aller te coucher. Installe-toi ici.

De son pied toujours chaussé d'une botte militaire, il désigna un espace vide par terre dans le salon. Billie se leva de table, tira sur l'ourlet de sa robe et fit la révérence.

— Tu ne serais pas un peu grande pour ton âge ? demanda Rafael.

Grande comme Papa, s'apprêtait-elle à répondre, mais elle s'interrompit net avant d'être atteinte à son tour de diarrhée verbale.

— Tu dis avoir… onze ans.

Billie hocha la tête.

— Dans ce cas, tu es grande pour ton âge. Tu joues encore, ou bien…

— Oui.

— Et à quoi joue la demoiselle ?

— Je ne suis pas une demoiselle.

— À quoi joue la jeune fille ?

— À la poupée Barbie, répondit Billie en faisant de nouveau la révérence, parce qu'elle avait la sensation de s'adresser à un roi, or on répond toujours aux rois avec une révérence en fin de phrase. Je ne suis pas une enfant précoce. Je suis même en retard, presque attardée, mais je ne suis pas dyslexique. Je crois en Dieu le père, créateur du ciel et de la terre.

Billie inclina la tête. Un sourire spontané se dessina sur les lèvres de Rafael, avant de disparaître tout aussi spontanément. Il semblait avoir reçu pour les traits expressifs de son visage le même entraînement que pour la posture et les mouvements de son corps.

— Où sont tes Barbie ? demanda-t-il avec intérêt.

Elle pointa du doigt un panier en plastique rouge rangé dans la bibliothèque. Il fouilla à l'intérieur.

— Tu sais quoi ? Ça m'a fait plaisir de manger avec toi.

Le genre de phrase qu'un homme adulte pouvait dire à une femme adulte, mais pas à une fille, petite ou grande. Elle étira son dos. Peut-être était-elle devenue grande.

— Tout le plaisir est pour moi, répondit-elle en s'inclinant.

— Joue, ordonna-t-il en posant le panier rouge par terre.

Billie s'assit. Elle avait entendu dire que, normalement, les filles de onze ans ne jouent plus aux Barbie.

Peut-être était-elle attardée, après tout. Son père et sa mère affirmaient – à vrai dire, ils n'arrêtaient pas de le répéter, l'un comme l'autre, ensemble ou chacun de son côté :

Ma Billie adorée, ne fuis pas l'enfant qui est en toi.

Reste une enfant aussi longtemps que bon te semble, même si tu fais l'objet de moqueries.

Ça veut dire quoi « objet de moqueries », Maman et Papa, ça veut dire quoi « objet de moqueries » ?

Qu'on se moque de toi.

Pourquoi on se moquerait de moi, pourquoi on se moquerait de moi, Maman et Papa ?

Nous ne savons pas si on se moquera de toi, mais *si*, *si* c'est le cas, crois-nous sur parole : tu as le droit de faire ce que bon te semble du moment que cela ne nuit pas aux gens. Le rire des autres ne te tuera pas. Sous aucun prétexte on ne doit laisser les autres nous diriger et nous malmener.

Lorsqu'elle leur demandait si elle était attardée, ils se mettaient à rire comme des babouins – probablement un rire nerveux. C'est pourquoi elle gardait ça dans un coin de son esprit : un jour, elle découvrirait la vérité. Quand elle serait grande, on l'enverrait peut-être dans une institution, et elle recevrait la réponse qui jusqu'ici lui manquait. Le téléphone sonna. Rafael, qui se tenait dans le cadre de la porte d'entrée, le chat dans les bras, respirant à juste titre la brise du soir et l'air doux de la campagne, se retourna et fixa l'appareil. Comme s'il n'avait jamais vu de téléphone. Comme si le regarder allait changer quoi que ce soit. Il fallait le décrocher. Il dévisagea Billie. Puis reporta son attention sur le téléphone. Libéra le chat et s'approcha de l'appareil, posé sur un pilier dans le vestibule. C'était peut-être Soffia. Elle appelait régulièrement vers cette heure-ci, après le dîner. La sonnerie se tut. Les bottes militaires contournèrent la fille et l'homme s'installa dans le fauteuil à bascule.

— Le téléphone sonne souvent ? demanda-t-il en se massant le front.

— Parfois le matin. Parfois le soir. Pas souvent.

— Qui appelle ?

— Les uns et les autres.

— Tu peux me donner quelques noms ?

Elle haussa les épaules, incapable de dire : « Ma maman. » Peut-être qu'il serait triste d'apprendre que sa mère n'était pas morte. Elle changea la tenue de ses Barbie et coiffa leurs cheveux. Le téléphone sonna de nouveau, mais elle prétendit qu'il n'existait pas, et il finit par se taire. Rafael ferma les yeux. Se frayant un chemin à travers le salon, le chat vint renifler le fauteuil à bascule et ses bottes militaires avant de sauter sur ses genoux. Les yeux toujours fermés, le soldat laissa l'animal s'installer puis il caressa son pelage. L'autre main tenait la mitraillette, posée sur son torse, comme un archet sur la poitrine d'un violoniste assoupi. Pendant qu'il dormait – car il ronflait – le jeu prit le pouvoir et les poupées se mirent à bavarder à voix basse, se disputant la parole comme si elles avaient mangé des œufs :

VIII

Ragga : Si tu savais la panade dans laquelle je me suis mise ! Me voilà enceinte, et je vais devoir abandonner l'enfant devant la porte d'une famille riche. Je refuse de léguer cette vie de misère et de labeur à qui que ce soit.

Sara : Je vais accueillir ton enfant, Ragga. Moi, je ne peux pas en avoir, parce que j'ai un ventre-loque.

Ragga : C'est quoi, un ventre-loque, Sara *babe* ?

Sara : Chut, ne parlons pas de ça dans cette élégante réception. Merci d'être venue, mon joli petit ange.

Ragga : Tu as vu Gugga ? Nounours lui a coupé les cheveux pour les vendre.

Sara : Viens, allons voler quelque chose à Nounours. Vite.

Ragga : Bonne idée. J'en avais plein le dos de cette réception. Je préfère largement aller jouer dehors.

Sara : Il fallait que j'organise cette fête, mon roulé à la cannelle, afin que personne ne me croie attardée. Sara murmure à Ragga : En fait, je le suis.

Ragga : Moi aussi. Ne le dis à personne. Allons voler quelque chose à Nounours, le mari de Gugga-gaga.

Elles arrivent chez Gugga-gaga la chauve.

Ragga : Gugga-gaga, tu fais peine à voir ! Tu es chauve.

Une Barbie chauve se joint au groupe.

Gugga : Ne me dis pas des choses pareilles, Ragga, s'il te plaît, sois gentille.

Ragga : La vérité est toujours bonne à dire, mon ange d'amour, mon pain aux raisins, j'espère que tu n'es pas malade, ma petite Gugga. Où est ton homme ? Où est ton vil homme ?

Une nouvelle poupée Barbie, une poupée garçon, s'ajoute au groupe : Tout va bien. Tout va bien. On fait feu de tout bois. Tout va bien. Dieu vous bénisse, Dieu vous bénisse tous. J'ai péché et je me repens. Tout ce que l'humain a de pire s'est rassemblé en moi. Je me repens. Dieu vous bénisse, mes enfants. On fait feu…

Sara et Ragga tabassent Nounours.

Gugga : Les filles, soyez gentilles avec Nounours. Ce n'est pas ce que vous croyez, mes cheveux repousseront.

Ragga : Ils ne repousseront pas, bécassine, tu es une poupée.

Elles arrêtent de frapper Nounours qui pleurniche comme une gonzesse.

Gugga : Les filles, écoutez-moi, s'il vous plaît. C'est la mère de Nounours qui lui a ordonné de voler mes cheveux, elle a menacé de le déshériter s'il ne le faisait pas, et elle lui a donné beaucoup d'argent en échange. On avait terriblement faim. Nos ventres gargouillaient. On serait morts, sinon. Vous ne voyez pas à quel point on a maigri ?

Ragga : Il vaut mieux être riche et chauve ?

Ragga en colle une à Nounours.

Gugga : Tu peux parler, Ragga, toi qui es enceinte et qui comptes vendre ton enfant à des riches !

Ragga : Je ne comptais pas le vendre. Je veux le donner. Ce n'est pas tout à fait la même chose. Ma progéniture n'obéit pas aux lois du marché comme tes cheveux.

Sara : Je vais donner mes cheveux à Gugga. Je vais les donner à Gugga-gaga.

— Attendez une seconde, je dois aller chercher des ciseaux, dit Billie avant de se lever.

IX

Billie se rendit dans la cuisine et ouvrit le tiroir du haut, où l'on rangeait normalement les ciseaux. Mais ils n'y étaient pas, pas plus que dans le tiroir inférieur, où il leur arrivait de se glisser dans l'agitation du quotidien – il était complètement vide. Dans le tiroir à outils, pas le moindre outil. Elle fouilla la bibliothèque et y dénicha un tube de colle, qui aurait son utilité ; c'est alors que, se levant du fauteuil à bascule, Rafael pointa la mitraillette sur elle : « Assieds-toi par terre. » Elle rejoignit ses poupées, le bâton de colle dans la main. « Tu n'as pas le droit de te lever, sauf si tu as besoin de faire pipi, auquel cas tu me demandes d'abord et je t'accompagnerai aux toilettes. » Billie s'inclina et reprit place par terre. Rafael dans le fauteuil à bascule. Hirsute et désorienté, le chat se tenait au milieu de la pièce, attendant de pouvoir remonter sur les genoux de son ami.

— Qu'est-ce que tu faisais ?

Elle leva ses poupées pour s'expliquer :

— Je cherchais des ciseaux.

Il ferma les yeux. Un instant plus tard, il lui demanda pourquoi elle avait besoin de ciseaux.

— Pour couper les cheveux de Sara et les mettre sur la tête de Gugga. Il se trouve que les cheveux ne repoussent pas sur une poupée.

— Hmm... Les couteaux et les ciseaux, ce ne sont pas des jouets.

Elle s'approcha de lui sans demander l'autorisation – puisque le chat l'avait fait, elle devait bien pouvoir se le permettre aussi – et lui tendit Sara.

— Tu peux lui couper les cheveux pour moi ? demanda-t-elle au soldat.

Il observa la poupée vêtue d'un pull vert fluo et d'un pantalon en moleskine beige.

— Elle a de si jolis cheveux. Tu veux vraiment les lui couper ?

— Elle veut les offrir à Gugga.

— C'est qui Gugga ?

— Celle qui est chauve, là-bas. Nounours, son mari, lui a coupé les cheveux pour les donner à sa mère, sinon elle les aurait déshérités.

Il extirpa de sa poche un couteau suisse dont il tira une petite paire de ciseaux avant de lui demander si elle préférait qu'il coupe les cheveux de sa poupée à ras, à la garçonne ou à la Prince Vaillant.

— À ras, répondit Billie avec détermination.

— Jeanne d'Arc avait une coupe à la Prince Vaillant. C'était une héroïne qui s'est battue pour la liberté, expliqua Rafael avant de couper les cheveux de la poupée.

Il observa ensuite le crâne rasé de Sara pendant que Billie apportait les cheveux à Gugga.

— Je te présente donc Gugga. Elle est chauve, dit-elle en agitant la poupée en l'air, puis elle ouvrit le tube de colle, lui badigeonna la tête et appliqua les mèches de cheveux.

C'était une colle efficace.

Ragga : Voilà, nous avons sauvé la tête de ta femme, Nounours. Tu n'es pas content ? Maintenant, vous pouvez être riches et avoir des cheveux.

Nounours : J'aime Sara, je suis malade d'amour pour elle, mon cœur bat de désir pour elle dans ma poitrine.

— Eh, monsieur, tu peux me passer Sara ?

Rafael se leva, lui apporta la poupée et s'accroupit pour examiner sa collection étalée par terre, d'une seule main car l'autre était occupée à tenir la mitraillette. Il exhalait une lourde odeur d'après-rasage, de tabac, de terre et de soleil. Des poils de chat parsemaient son pull à col roulé bleu, des taches sombres son pantalon. Qu'est-ce que ça faisait, de porter des bottes militaires dans le salon ?

Nounours : Je t'aime encore plus que le souvenir de mon baptême, ma propre femme, ma mère et mon père, le Tout-Puissant, la bonté divine, bonté divine – c'est toi, la bonté divine, Sara *babe*, tu veux bien m'épouser, Sara *babe* ?

Sara : Non, je n'épouserai jamais un homme qui ne

peut pas supporter l'idée de tirer le diable par la queue et qui préfère arracher les cheveux de sa femme pour les donner à sa mère. Honte à toi, Winnie l'ourson !

Sara tape du pied par terre et s'enfuit en pleurant.

Nounours : Je t'aime, Sara, je ne pourrai jamais aimer qui que ce soit d'autre au monde, Sara *babe* !

Sara : Je ne suis pas ta *babe*, je ne suis la *babe* de personne !

Ragga : Ne t'en va pas, Sara, attends-moi.

Ragga à Nounours : Sara n'a jamais aimé personne d'autre que toi, elle me l'a dit il y a longtemps, avant que Gugga-gaga et toi vous mariiez.

Nounours : Oh pauvre de moi, je vais me tuer ce soir, réduire mon cœur en purée comme si c'était une patate.

Ils courent tous après Sara.

Nounours se jette sur Gugga : Et toi, sale sorcière, sale sorcière, je te déteste, je te déteste, tu as déshonoré et ruiné ma vie, parce que je n'ai jamais aimé une autre femme que Sara qui s'est rasé le crâne pour que tu aies une belle chevelure.

Gugga : Ne sois pas méchant avec moi, ce n'est pas de ma faute si je suis devenue chauve, hein, crapule ?

Sara : Ne t'avise pas de parler comme ça à ta femme, Nounours, sinon tu vas le regretter.

Sara s'apprête à sauter d'un à-pic.

Ragga : Sara, ne fais pas ça, je t'en supplie, pense à notre enfant dans mon ventre, notre enfant dans mon ventre.

Sara : Je n'ai plus aucune raison de vivre, les gens

sont mauvais, l'homme que j'aimais m'a déçue, je te fais mes adieux, Ragga, et je te laisse tous mes vêtements. Sois gentille avec Gugga, sois gentille avec elle…

Sara a sauté. Ragga fond en larmes : Je vais tuer la mère de Nounours. Elle a tout gâché, et mon enfant est désormais orphelin pour toujours.

Gugga pleure en silence.

Nounours court vers la montagne et se jette dans le vide à son tour, fiouuu, les voilà tous les deux morts.

Billie reprit sa respiration, essoufflée même si, personnellement, elle n'avait pas couru. Quatre poupées seulement. Et deux d'entre elles mortes.

X

— Maintenant, il est l'heure pour la petite fille de se mettre au lit, dit l'épaisse bouche sur le gros visage, aussi près d'elle que son reflet lorsqu'elle se regardait dans le miroir pour enfants de la salle de bains.

Les joues grêlées du soldat lui faisaient penser à du pudding, et un fin duvet recouvrait le lobe de ses oreilles. Son père n'était jamais aussi bien rasé que ce type-là, en général sa peau se constellait de petites blessures rouges après le rasage.

— La grande fille, le corrigea-t-elle. C'est toujours moi qui me couche la dernière, parce que je suis la plus vieille, alors je reste souvent avec les adultes. Je m'occupe des plus petits, je suis responsable d'eux le soir.

Droite et fière, elle parlait comme si personne n'était mort à midi. Sans crier gare, il la prit dans ses bras et la porta jusqu'à l'étage. On ne l'avait pas portée ainsi depuis longtemps, pas depuis qu'elle avait cessé d'être petite. Son papa était trop mince. Lui, il avait des muscles, et un cou incroyablement épais, aussi large que sa tête. Les poils de chat collés à son pull la firent éternuer et…

— À tes souhaits, dit le porteur.

Quels souhaits ? Il la relâcha sur le lit du bas, exactement où elle dormait d'habitude – bizarre. Il alla chercher un pyjama dans l'armoire et le posa à côté d'elle : un pantalon bleu et un haut orné d'images de paquets cadeaux multicolores avec de jolis rubans. Elle se demanda si elle ne devait pas plutôt lui réclamer sa chemise de nuit tandis qu'il inspectait les fixations de la fenêtre. Celle-ci pouvait s'ouvrir, mais aucun enfant ne passait dans l'étroit interstice, même à l'aide d'un tournevis. Il défit la corde attachée avec un nœud de marin à la patère sous l'appui de fenêtre et, la suspendant à son épaule, tira les rideaux décorés d'enfants gangsters aux yeux masqués et aux mains gantées de noir qui brandissaient des lampes torches illuminées. Il alluma la lampe de chevet, dont l'abat-jour arborait des images d'anges tenant des planètes dans leurs bras, éteignit le plafonnier, sortit puis revint. Billie était déjà allongée. Il lui demanda pourquoi elle ne remontait pas sa couette. Comme elle ne répondait pas, il s'en chargea, puis il éteignit la lampe de chevet et commença à fermer la porte.

— Je ne peux pas dormir la porte fermée.

Il laissa un petit espace qui se mua en trait de lumière lorsqu'il appuya sur l'interrupteur du couloir. Rafael fit le tour des chambres à l'étage. Il déplaça des meubles, fit tomber quelque chose dans l'escalier, traîna un matelas par terre, fit couler de l'eau dans le lavabo de la salle de bains, tira la chasse une fois, deux fois, peut-être pour vérifier l'évacuation. Tira la chasse. Tira la chasse. Ouvrit des tiroirs, des placards. Souleva quelque chose et le posa par terre, peut-être une valise. Les cintres accueillant les vêtements dans l'armoire du couloir glissèrent dans un sens puis dans l'autre sur la barre. L'aspirateur fut allumé, et Billie s'assoupit au milieu de ce capharnaüm. Durant la nuit, elle se réveilla en entendant des ronflements qui n'étaient pas les siens, se rendormit, puis se réveilla de nouveau et attendit que les ténèbres gris-noir se transforment en images. Devant les lits superposés se trouvait un matelas, sur lequel Rafael était allongé sous une couverture. La mitraillette gisait par terre, de l'autre côté. Le chat aux pieds de Rafael. Billie ferma les yeux.

Billie Billie Billie
Ma fille aux yeux rêveurs
Obstinément rêveurs qui ne prennent de vacances
Que quand Papa les endort

Billie Billie Billie
Ma fille aux yeux rêveurs

Obstinément rêveurs qui ne prennent de vacances
Que quand Maman les endort

Billie Billie Billie
Ma fille aux yeux rêveurs
Obstinément rêveurs qui ne prennent de vacances
Que quand Marius les endort

XI

La chemise de nuit du maître des lieux sur le dos et ses chaussettes blanches de soldat aux pieds, Rafael se leva, prenant garde de ne pas réveiller le chat, souleva le rideau pour jeter un œil dehors, attrapa la mitraillette et sortit discrètement de la chambre avant de repousser doucement la porte derrière lui. Elle l'entendit faire pipi. L'eau coula dans le lavabo. Peut-être qu'il se lavait à la militaire. L'escalier émit un craquement, trahissant les premiers pas de cette nouvelle journée sur son bois fragilisé par le froid nocturne et l'absence de mouvement pendant plusieurs heures. Quel était le meilleur moment pour se réveiller ? Maintenant, tout de suite, bientôt, jamais ? Billie éternua. Elle se frotta les yeux, comme le font les personnages de films, puis elle enjamba le matelas. Peut-être que le soldat se prenait pour un petit garçon, à dormir comme ça par terre dans une chambre d'enfant. Dans le couloir, elle sentit l'odeur familière du ménage : eucalyptus et noix de coco. Les traces de sang avaient disparu, sur le sol comme sur les murs de la grande chambre. Pieds nus, elle descendit d'un pas léger les marches toutes propres et se glissa dans ses chaussons lapins, qui l'attendaient sur l'étagère de l'entrée. Debout devant la cuisinière, en pantalon bleu de fermier et chemise blanche, pieds nus dans ses tongs bleues, Rafael faisait frire des tranches de pain imbibées d'œuf. Le café coulait de son entonnoir orange dans la thermos bordeaux. La machine à laver et le lave-vaisselle pompaient de l'eau. Et basta.

— *Early riser*, dit-il lorsqu'elle apparut avec la poupée Gugga dans les bras.

— Je suis un oiseau de nuit qui se lève avec les poules, répondit Billie, fière ou vaniteuse, proud, stolz, orgullosa.

— Et moi, de nature, je suis une vraie marmotte. À ça, une seule solution pour un jeune homme : rejoindre l'armée. L'armée t'apprend à te lever.

Il retourna la tranche de pain dans la poêle, blam.

— Si j'avais su me lever avec un réveil ou de mon propre chef, j'aurais fait des études pour devenir vétérinaire. Mais à la campagne, on trouve le réveil le plus naturel du monde : le chant du coq, et rien d'autre.

Il transféra le pain de la poêle à une assiette et plongea une autre tranche dans les œufs battus.

— C'est la première fois que je viens à la campagne. Personne ne m'a jamais dit que je pouvais devenir fermier. Non pas que j'aie attendu des autres qu'ils organisent mes rêves, puisque je voulais être vétérinaire. Et toi, qu'est-ce que tu veux faire quand tu seras grande ?

— Je veux être astronome, dit Billie.

Les chaussons tombèrent de ses pieds lorsqu'elle s'assit à la table de la cuisine, tout contre la fenêtre qui donnait sur le jardin à l'avant de la maison. Un pantalon militaire pendait sur la corde à linge et les bottes cirées étaient posées sur la table en granit, protégée par du papier journal. Le soleil semblait ne pas vouloir participer à cette journée.

— Dis-moi, petite fille…

— Grande, le corrigea-t-elle, appuyant dans un geste las le menton sur sa main.

— Qui est enterré dans le jardin ? Tes frères et sœurs ?

Billie secoua la tête.

— Tes parents ?

Elle secoua la tête.

— Tu connais ces gens ?

— Oui.

Il disposa des couverts et deux assiettes de pain perdu sur la table, versa du café dans des tasses, du lait dans un verre et dit : « Bon appétit » avant de s'asseoir. Billie manipula les couverts. Elle savait manger avec la fourchette du père Adam, avec une fourchette seule, avec un couteau et une fourchette, mais aussi avec des baguettes.

Les astronomes mangent soit avec des baguettes, soit avec un couteau et une fourchette, jamais avec une fourchette seule. À une lointaine époque, ils avaient conclu un accord et décidé, pour éviter les discriminations, d'adopter une conduite spécifique où se mêlaient style, formalité et politesse, comme le lui avait un jour expliqué sa mère qui, tenant une fourchette dans sa main gauche et un couteau dans la droite, s'apprêtait à lui faire une démonstration.

Je ne comprends pas, Maman…

C'est normal, je travaille aussi mon éloquence pendant que je te parle comme à une adulte, afin que tu sois formée à l'art de la conversation avec les adultes. Ainsi, à l'avenir, tu seras préparée aux réceptions élégantes. Ton père ne pourrait jamais t'enseigner cet art, car il ne le maîtrise pas. Regarde, Billie, regarde ce que je fais avec mon couteau et ma fourchette. Il faut que tu l'apprennes si tu veux devenir astronome, *baby*.

Maman, Maman, j'ai hâte d'être grande. Est-ce que je serai aussi jolie que toi ?

Beaucoup beaucoup beaucoup plus jolie, ma beauté.

Rafael mangeait son pain perdu comme un astronome. Peut-être avait-il reçu un entraînement militaire pour se protéger des discriminations prédominantes. Un protocole de l'étiquette. Son père ne savait pas utiliser un couteau avec la fourchette, uniquement la fourchette toute seule, ou des baguettes ; tout irait à vau-l'eau si le marionnettiste 1 contrôlait la fourchette et le marionnettiste 2 le couteau. 1 et 2 n'étaient jamais d'accord sur ce qu'il convenait de faire, mieux valait donc n'en laisser qu'un à la fois diriger les opérations durant les repas. Rafael et Billie coupèrent chacun son pain perdu. Elle essayait de se synchroniser avec lui en portant le morceau à sa bouche lorsque, soudain, il regarda par la fenêtre avec l'expression d'un vieux sage dans un film et lui demanda si elle voulait du ketchup ou du sirop avec son pain. Elle réclama les deux, et il alla les chercher dans le réfrigérateur. Très bien. Un service exemplaire.

— Où sont tes parents ? lui demanda-t-il, de retour à table.

— Je ne sais pas. Ils sont peut-être morts.

— Ça fait longtemps que tu ne les as pas vus ?

— Trois mois et demi. Quand je suis arrivée ici.

— Parle-moi des gens qui sont enterrés. Comment s'appelaient-ils ?

— Marius, Inga et Jenny. Ce sont eux qui ont créé ce foyer où les enfants peuvent venir et rester un moment. Les enfants, eux, ils s'appellent Lisa, Frank et Karl.

— Il y a d'autres personnes qui habitent ici ?

— Isak, parfois.

— C'est qui, Isak ? Et où est-il ?

— C'est le berger. Il est quelque part dans les montagnes, avec les moutons et les agneaux qui sont nés au printemps. Ceux qui n'ont pas été tués.

— Des agneaux ont été tués ?

— Oui, par le boucher. Il les a vendus à un restaurant.

— D'autres gens habitent ici ?

— Non.

— Réfléchis bien.

— C'est fait.

— Tu n'as oublié personne ?

— Non.

— Marius, Inga, Jenny, Lisa, Frank, Karl, Isak et Billie. Quatre hommes et quatre femmes.

— Je ne suis pas une femme. Lisa non plus.

Rafael but une gorgée de café et s'essuya la bouche avec une serviette en papier, comme si sa bouche était un tampon et la serviette une enveloppe. Billie imita son geste. Elle tamponna la serviette avec ses lèvres comme s'il s'agissait d'un document important. C'était rigolo, d'embrasser une serviette en papier.

— À qui appartient la voiture orange devant le garage ?

Nul besoin de faire preuve d'une solennité excessive, mais puisque c'était un interrogatoire, il fallait observer certaines formalités. Un respect minimum des règles afin d'être pris au sérieux.

— Je ne sais pas.

— Elle est clairement en état de marche, je le vois bien, tu ne peux rien me cacher.

— Je ne sais pas à qui elle appartient, répondit-elle avec détermination, d'un ton un peu vif – elle connaissait la chanson, cette fille.

— Qui la conduit ?

— Marius. Inga. Jenny… tout le monde.

— Et où vont-ils lorsqu'ils l'empruntent ?

— Un jour, Inga l'a prise pour se rendre dans la Vallée éternelle. Marius y est aussi descendu, pour prier.

— Prier ?

— Ça fait du bien, de prier au pied des ruines.

— Et Jenny ?

— Jenny nous a emmenés, moi et les autres enfants, faire un tour au lac. Pour un pique-nique.

— Avec quelle voiture es-tu arrivée ici, au printemps ?

— Tous les enfants ont été transportés dans un minibus.

— Qui le conduisait ?

— Un chauffeur de bus.

— Il n'y avait personne d'autre dans le bus que le chauffeur et les enfants ?

— Isak.

— Isak ?

Elle avait vu dans des films ce tour de passe-passe qui consistait à répéter ce que l'interrogé avait dit, dans l'espoir que quelque chose lui échappe.

— Isak.

— Que faisait-il ?

— Il partait mener le troupeau, bien sûr. Comme le font les bergers au printemps, ils emmènent les moutons dans les montagnes et voyagent avec eux. Il était aussi présent pour la naissance des agneaux, afin de faire leur connaissance dès le premier jour. C'est important pour un berger. D'après Isak.

— La naissance des agneaux, répéta Rafael, puis il se tut.

Les questions cessèrent pile au moment où elle commençait à s'amuser. S'il s'agissait d'un jeu, elle n'avait pas perdu, mais c'était nul de jouer avec quelqu'un qui s'arrêtait en plein milieu, quand ça l'arrangeait, alors qu'elle, elle n'avait pas fini.

— Mon père est un pantin, dit-elle.

— Comment ça ?

— Ce sont des marionnettistes situés sur une autre planète qui dirigent ses mouvements et ses actions.

— Ces marionnettistes, ce sont nos ennemis ? Les ennemis de l'armée ?

— Ils ne se mêlent pas de la guerre. Ils ne s'intéressent qu'à Papa. Ils le maintiennent par des fils invisibles attachés à sa tête et à ses mains. Sans ces créatures, il ne pourrait pas tenir debout à cause de la gravité, il est trop grand et mince. L'un des marionnettistes lui dit d'aller à gauche, et au même instant le deuxième lui dit d'aller à droite. C'est compliqué. Alors que le troisième lui dit de rentrer se coucher, il y en a un qui lui dit de rester éveillé. Un qui lui dit de boire. Un qui lui dit de lire. L'un d'eux aime Maman. Un autre ne l'aime pas, même s'il fait semblant.

— Hmm. C'est particulier.

— Peut-être qu'ils l'ont remonté, maintenant. Qui sait ?

— Quoi ?

— Les marionnettistes. Peut-être qu'ils ont fait remonter Papa jusqu'à eux. Il s'attendait à ce que ça arrive tôt ou tard, à ce qu'ils finissent par estimer qu'il avait passé assez de temps sur Terre.

— Hmm. Et ta mère ? C'est un pantin aussi ?

— Non. Elle est peut-être morte.

Billie aurait aimé que Rafael la regarde dans les yeux à cet instant, car elle avait préparé le regard idéal, mais il n'en fit rien, et versa le reste de café dans sa tasse, dont il versa le contenu dans sa bouche. Il aurait mieux fait de boire directement à la thermos, mais partout il fallait qu'il y ait des intermédiaires, des interposés, des intervalles.

— Excellent café, se félicita-t-il.

Il alluma une cigarette, alla ouvrir la porte d'entrée et salua les poules qui, attendant sur le seuil, célébrèrent son apparition dans cette nouvelle journée. « Bonjour, mes poules adorées », dit-il en prenant l'une d'elles dans ses bras et en rejoignant le jardin. Les autres lui emboîtèrent le pas. La mitraillette était posée sur le réfrigérateur. Billie devait-elle finir son petit déjeuner ? Elle attrapa un feutre vert abandonné dans le panier qui ornait la table de la cuisine et commença à en colorier la surface blanche sans réfléchir – elle avait bien assez à penser comme ça. Elle coloria un espace équivalent aux dimensions de deux trousses, avec une telle application qu'on ne distinguait plus du tout la couleur blanche en dessous.

XII

Jamais elle n'avait vu de tongs à la ferme. Jamais elle n'avait vu de soldat pieds nus non plus, ni dans la vraie vie ni dans les films. Elle interrompit son coloriage au moment où Rafael revint du jardin, abandonnant ses tongs sur le seuil, et elle se mit à jouer d'un geste nonchalant avec le napperon au crochet qui se trouvait sous le panier, les yeux aux aguets, au cas où il se serait agi là d'un événement marquant : J'ai vu les orteils d'un soldat quand j'étais petite, et ils ressemblaient en tout point à ceux des autres spécimens de la même espèce. À ceux de mon père. À ceux de ma mère. Voilà ce qu'elle pourrait dire plus tard. Le chat emboîta le pas à Rafael, et deux poules puis trois suivirent – il était populaire –, jetèrent un œil dans l'entrée, observèrent le mobilier, l'air curieux. « J'ai donné à manger aux poules et ramassé les œufs, annonça-t-il fièrement en montrant à Billie les trois œufs dans ses paumes. C'est comme si je n'avais jamais rien fait d'autre de ma vie. Je suis un fermier né. » Son regard s'attardant un instant sur la mitraillette au sommet du réfrigérateur, il posa les œufs frais dans une coupelle dorée, s'empara de l'arme et la pointa sur Billie. « Tu veux bien avoir l'amabilité de monter t'habiller, te brosser les dents et revenir une fois que tu seras prête ? »

Billie bondit sur ses pieds – « les épaules droites », ordonna Rafael, « les épaules droites » –, elle emporta sa poupée Gugga avec elle et traîna son corps comme les enfants le font lorsqu'ils n'ont le courage de rien, surtout pas de se tenir droit.

— Je dois mettre des vêtements du dimanche comme hier ?

— Oui.

— On est dimanche ?

— Non, mardi, répondit le patron, brandissant son

arme tandis qu'elle montait les marches.

À son retour, il était assis à la table de la cuisine, le chat sur les genoux, en train tour à tour de fumer, d'écrire dans un carnet noir et de se masser le front. La mitraillette était posée sur le napperon. Le carré vert dessiné sur la table n'avait rien perdu de sa couleur. Billie tendit une brosse et un élastique rouge au soldat. Il tapota les fesses du chat, qui sauta par terre, l'air vexé. Rafael glissa l'élastique entre ses lèvres, comme le faisaient sa mère, et son père, et aussi Marius. Puis il coiffa une mèche après l'autre, tira les cheveux de Billie vers le haut de son crâne, s'empara de l'élastique et l'enroula autour de la queue-de-cheval. « Voilà », dit-il. Balançant sa couette, Billie le remercia. Elle avait enfilé des souliers vernis noirs ornés d'un nœud rouge, des chaussettes jaunes avec des pompons verts et une robe jaune à boutons rouges.

— Comme tu es élégante ! Je devrais boutonner ma chemise jusqu'au col et mettre un nœud papillon rouge. Je peux trouver ça quelque part dans la maison ?

Elle ouvrit le tiroir du haut. Billie était le genre de fille à aimer fouiller dans les tiroirs.

— Stop ! s'exclama Rafael en pointant la mitraillette sur elle. Dorénavant, tu ne touches plus ni aux tiroirs ni aux placards de la cuisine.

Elle ne parvint pas à déchiffrer son regard, mais une chose était sûre : lui ne décèlerait *pas* la moindre peur dans ses yeux à elle, parce qu'elle ne le craignait pas, même s'il la visait avec une mitraillette.

— Je cherchais juste un nœud papillon rouge, dit-elle d'une voix indifférente à la menace, mais dans sa paume elle était discrètement parvenue à glisser un couteau à beurre – pour ainsi dire le nourrisson de la famille des couteaux.

Et d'un coup, elle le leva en l'air. Esquissant d'abord un sourire, Rafael se rendit rapidement compte du sérieux de la situation, et le sourire se figea sur ses lèvres. Billie lui sauta dessus et visa le cœur avec son arme. Le soldat bascula en arrière. La chaise tomba avec fracas et la mitraillette valsa à l'autre bout de la pièce. Le couteau s'enfonça dans sa poitrine, mais pas de sang. La curiosité sortit le chat de sa tanière. Les poules se précipitèrent dehors. Non merci. Ce genre de spectacles, très peu pour elles. Assise à califourchon sur le soldat, Billie s'apprêtait à faire une deuxième tentative de meurtre lorsqu'il la désarma. Lui tenant fermement les poings, il observa le couteau à beurre. Puis il la souleva à bout de bras et se hissa sur ses pieds.

— Tu veux me tuer ?

Elle ne répondit pas.

— Tu as visé mon cœur.

— Tu m'as visée avec une mitraillette.

Il lui tendit le couteau à beurre :

— Poignarde-moi où tu veux.

Elle enfonça le couteau dans son ventre. Cet homme était dépourvu de sang.

— Bon, assez joué comme ça, dit-il avant de la désarmer sans résistance et de jeter le couteau dans le tiroir.

Au même moment, le téléphone se mit à sonner. Il le regarda. Il ne suffit pas de regarder un téléphone, il faut y répondre, mais peu de chances que cela arrive. Rafael contempla l'appareil jusqu'à ce qu'il se taise, boutonna sa chemise jusqu'au col – il manquait le nœud papillon, mais il allait falloir s'en contenter – puis il prit la main de Billie :

— Sois gentille et montre-moi le jardin, petite chipie.

XIII

— Là, il y a des pommiers ; là, il y a des poiriers ; là, il y a des pruniers, dit Billie en pointant du doigt les pommiers, les poiriers puis les pruniers – mais sans avoir le courage de lui montrer les orangers aussi. Là, tout seul au milieu, se trouve le citronnier, comme tu peux le voir. Il porte encore les citrons qui n'ont pas été récoltés au printemps, les citrons de secours. C'est bien de pouvoir faire un saut dans le jardin pour en cueillir un quand on n'en a plus pour la salade. Regarde la fontaine à côté de l'arbre. On peut ouvrir le robinet, et le petit garçon se met à faire pipi dans la mare, où vivent trois poissons rouges, qui sont en fait orange. Ils s'appellent Isak, Albert et Maria, et veulent tout le temps rester ensemble. Ils sont très bons amis. Tu veux les voir ?

Elle mena l'homme derrière la maison, jusqu'à la

fontaine à côté de laquelle se trouvaient deux chaises blanches d'un épais bois laqué, si lourdes qu'un enfant ne pouvait les porter. Des herbes sauvages poussaient à leurs pieds. C'étaient sur ces chaises, devant la fontaine, que les adultes aimaient parfois s'installer pour discuter. Parler de leurs émotions. Comme ces deux hommes l'avaient fait au clair de lune, vêtus de T-shirts et de jeans, l'un d'eux allumant une cigarette à intervalles réguliers, soucieux de maintenir les producteurs de tabac du monde entier en activité. Parler de politique, aussi, de la lutte pour assurer de bonnes conditions de vie à toute l'humanité. De religion : Dieu existe-t-il, n'existe-t-il pas ? De science : l'univers est-il le fruit de notre imagination, la justice est-elle une énergie indépendante, évoluons-nous, n'évoluons-nous pas, est-ce l'ordre qui règne ou le chaos ? Elle avait perçu sur les visages de ces hommes assis un mélange de gravité, d'angoisse, de nonchalance, d'idiotie et de joie sincère. Ils jetèrent un œil à la mare. Aux trois poissons orange.

— Pourquoi s'appellent-ils Isak, Albert et Maria ?

— Isak comme le berger. Albert comme le père d'Inga et de Jenny, le grand-père de Marius. Maria comme l'amie de Marius.

— Qui est cette Maria ?

— Elle habitait la même ville que Marius avant qu'il emménage ici.

— Quand est-il arrivé ?

— Quand il en a eu marre du ballet. Il était danseur étoile, mais il a fini par raccrocher ses chaussons.

— Et il est venu ici ?

— Pas tout de suite. Il a d'abord vécu dans une petite maison en banlieue. Son voisin d'en face, c'était le roi du rock. Après, il a emménagé ici.

— Le roi du rock ?

— Oui. Il était très solitaire. Il passait son temps au sous-sol, à jouer au billard avec son ami. Quand Marius a vu ça, il a compris qu'on ne vit pas pour soi, mais pour les autres. Marius voulait s'occuper d'animaux et d'enfants qui n'étaient pas les siens. Il a attendu que Maria lui revienne, mais elle n'est pas revenue. On ne peut pas attendre éternellement. 365 jours, c'est un bon délai pour attendre le retour d'un être cher, mais à la fin de ce délai, la Terre a retrouvé la même position, l'attente doit donc se terminer. Marius a attendu 366 jours, parce que c'était une année bissextile.

— Continue la visite, réclama-t-il, et elle l'emmena vers le potager.

— Ici poussent les pommes de terre. Là-bas, ce sont les oignons. Là-bas, les carottes. Là-bas, les choux. Là-bas, les épinards. Là-bas, les fraises. J'aime bien venir m'allonger ici quand je ne veux croiser personne, parce qu'on ne nous voit pas depuis la maison. Et là-bas, il y a la vache. Elle n'a pas de nom. Je sais que certains l'appelaient Flora, mais je trouve ça moche, parce que ça me fait penser à la flore intestinale et tout ça.

— Tu sais la traire ?

— Non, viens.

— Non, attends, je veux essayer de traire une vache, je ne l'ai jamais fait.

Il l'entraîna dans une direction, elle dans une autre, comme deux marionnettistes se disputant le contrôle de son père dans un jeu de tir à la corde. Elle remporta la victoire et l'emmena dans la serre pour lui montrer les roses, les plants de tomates, les fruits expérimentaux et les fines herbes. Lorsqu'ils ressortirent, ils se rendirent au poulailler.

DEUX

XIV

Billie dessinait une marelle à la craie blanche devant la maison. En tenue de fermier, Rafael traversa la pelouse avec un seau, suivi de la poule qui s'arrêtait çà et là pour picorer l'herbe. Un peu plus loin, le chat s'amusait à chasser les mouches. Le soleil brillait, mais Billie n'avait pas besoin de plisser les yeux, abritée par l'ombre de la maison. Les cheveux noués en couettes par des élastiques roses, elle portait un pantalon et une veste en jean, des baskets roses et des chaussettes jaunes. Elle lança un caillou vert dans une des cases et la rejoignit à cloche-pied pour le ramasser. Rafael réapparut de l'autre côté de la maison, son seau rempli de lait fraîchement sorti du pis.

— Elle est tellement grosse, cette vache, commenta-t-il. Jamais je n'avais imaginé à quel point ces bêtes-là sont grosses, lourdes et volumineuses. Sur les photos, elles ne le paraissent pas autant. Et dire qu'elles ne mangent que de l'herbe. Un morceau pareil, qui ne se nourrit que d'herbe ! Et on nous pousse sans cesse à consommer de la viande. C'est de la propagande, un complot entre les fermiers et les bouchers. À en croire ce que j'ai vu, on devrait pouvoir survivre uniquement avec de l'herbe.

Il entra pieds nus dans la maison et posa le seau sur la table de la cuisine avant de dire qu'il était fatigué, et qu'il souffrait d'un mal de crâne si terrible qu'il devait monter s'allonger. S'installant sur le matelas dans la chambre des enfants, sa mitraillette par terre à côté de lui, il s'endormit aussitôt. Billie l'observa depuis le haut de l'escalier, ne sachant pas quoi faire d'autre de son temps. C'était ça ou la marelle, la corde à sauter, la musique qu'elle collectionnait et écoutait parfois avec un casque sur les oreilles, ou encore les poupées Barbie, à présent pour la plupart chauves et mortes. Elle s'assoupit sur sa marche. Profitant de la porte d'entrée restée grande ouverte, quelques poules vinrent visiter les lieux. L'odeur de sommeil en provenance de l'étage leur donna le courage et l'assurance de s'aventurer encore plus loin dans l'antre des humains, et elles pénétrèrent dans le salon. Elles jetèrent un coup d'œil au panier rouge contenant les poupées Barbie et celles en papier que le soldat avait découpées pour Billie, échangèrent des caquètements qui dépassaient l'entendement humain ; et soudain, par hasard – ou pas –, la platine de disques se mit en route tandis que les poules venaient toujours plus nombreuses dans le salon. C'était une vieille chanson qui donnait envie de danser. Mais les poules secouèrent la tête. Tout cela ne leur disait rien qui vaille, aussi se mirent-elles à picorer les enceintes. Le bras de la platine se souleva. Elle refusait de passer de la musique pour des oreilles fermées ou hostiles.

Les poules quittèrent tranquillement la maison et traversèrent la pelouse pour rejoindre leur poulailler, picorant et caquetant à qui mieux mieux. Billie revint à elle et, rampant par terre, alla s'allonger sur le matelas à côté de Rafael. Sans se réveiller, celui-ci se poussa pour lui faire un peu de place, et elle ferma les yeux. Jamais elle n'avait vu des épaules aussi larges, un dos aussi massif, des bras aussi infiniment épais. Au moins, lui, il n'avait pas besoin de fils rattachés à une autre planète pour tenir debout.

XV

Elle se réveilla dans la position fœtale, dont ses parents louaient les vertus, affirmant qu'elle pouvait sauver la vie. Elle empêchait de s'étouffer si l'on vomissait dans son sommeil, en plus d'apaiser les douleurs d'estomac et de stopper les hémorragies internes. Il était une fois un jeune homme qui vomissait souvent du sang la nuit. Il ne se couchait donc qu'en position fœtale. Parfois, il se retrouvait seul à vomir devant le lavabo. Par la fenêtre, les ténèbres nocturnes. Dans la salle de bains, le carrelage froid. Ses orteils et ses talons étaient prêts pour la fête, mais son ventre et ses organes internes rechignaient à persévérer.

— Salut Billie, dit Rafael, assis, la fixant des yeux.

— Salut, soldat, répondit-elle. Comment va ton mal de crâne ?

— Mieux, répondit-il en essuyant avec sa chemise

de nuit un filet de sang qui s'échappait de ses narines. Je saigne juste du nez. Peut-être à cause de la tension dans ma tête. Ça fait plusieurs années que je souffre de migraines. Ma mère en avait aussi.

Il ramassa la mitraillette par terre, se leva et prit ses vêtements posés sur un tabouret. Elle observa la plante toute propre de ses pieds.

— Elle est morte ?

— Non, mais elle n'a plus de migraines. Cela disparaît souvent avec l'âge. Comme les allergies des enfants, dit-il en sortant de la chambre. Bordel de merde, les poules ont chié partout ! s'exclama-t-il, s'immobilisant en haut de l'escalier, pieds nus, en chemise de nuit, ses vêtements et son arme dans les bras. Ces saloperies de bestioles vont nous refiler des maladies ! Putain de machines à fiente !

L'entrée et le salon en étaient recouverts. Billie se positionna à son tour en haut de l'escalier et regarda Rafael zigzaguer sur la pointe des pieds parmi les fientes pour aller chercher ses bottes de militaire, parfaitement cirées sur le perron de la maison. Après les avoir enfilées, il versa un produit nettoyant d'un marron doré partout sur le sol.

— Elles se moquent de nous ou quoi ?

— Je ne sais pas, répondit Billie, qui se serait curé le nez si la discussion n'avait pas justement porté sur l'hygiène.

— Elles ont une maison à elles et un jardin entier pour faire leurs besoins, et elles viennent chez nous ! On ne va pas se soulager chez elles, pour autant que je sache.

— Ce n'est pas la peine de le prendre personnellement.

C'était la première fois que sa bouche s'exprimait ainsi, et ce n'était pas pour lui déplaire – ses oreilles, elles, avaient déjà entendu cette phrase à diverses occasions.

— Je ne le prends pas personnellement, voyons.

— Ce sont juste des poules.

— Ou alors ce sont des agents venus d'une autre planète. Un fermier n'a pas à nettoyer des fientes de poules dans sa maison, dit-il en versant de l'eau brûlante dans un seau avant de s'emparer d'un balai et d'une serpillière et de commencer à laver le sol.

Arrête de te plaindre, s'apprêtait-elle à marmonner mais, le corps soudain pris d'une étrange sensation, elle alla se réfugier dans la chambre, s'assit sur la commode orange et attendit que cela passe. Elle se mordit les lèvres et l'intérieur des joues jusqu'au sang. La douleur la soulagea. Cet engourdissement grandissant qu'elle sentait sous sa peau finirait par disparaître si elle se mordait assez fort. Elle ouvrit les rideaux, restés fermés même si la journée était déjà bien entamée – pendant ce temps le ciel s'était couvert. Rafael s'écria : « Aïe ! » Peut-être que le pauvre homme s'était cogné l'orteil contre la table, avec son humeur massacrante. Dans les films, elle avait vu des gens de mauvaise humeur hurler au moindre prétexte. Cela n'éveilla toutefois pas sa curiosité, et elle préféra s'occuper du matelas, repliant le drap par-dessus la couverture militaire grise avant d'étendre le plaid multicolore au crochet au-dessus puis de faire son lit à elle. Voilà, la chambre était rangée. C'était toujours plus agréable de se trouver dans une chambre rangée. Rafael serait heureux d'apprendre que quelqu'un ici ne se comportait pas comme une poule. Elle ouvrit la fenêtre, comme de coutume lorsqu'on fait le ménage. Le matin, sa mère commençait toujours par aérer dès qu'elle ouvrait les yeux, les deux gestes semblant aller de pair : ouvrir les yeux, ouvrir la fenêtre, ouvrir la fenêtre, ouvrir les yeux. Elle reprit place sur la commode orange, ferma les paupières et pria : Cher Dieu, fais de moi quelqu'un de bien. Elle serra fort les paupières et s'accrocha à la commode lorsque son corps s'éleva vers les dimensions insondables du cosmos. Pour ne pas s'y dissoudre, elle rouvrit les yeux. La chambre était toujours là. Ses oreilles discernèrent un ronflement mécanique qui bientôt se transforma en bruit d'avion, et cette fois, sa curiosité fut piquée. Elle n'avait pas de temps à perdre à faire le ménage dans la chambre, l'inconnu l'appelait. Devant la porte d'entrée, tandis qu'elle enfilait ses baskets roses, elle remarqua malgré l'insupportable grondement de l'avion qu'une poule était pendue à un poteau, une corde autour du cou. En tenue de soldat des pieds à la tête, Rafael observait le ciel avec des jumelles d'un vert militaire depuis le point le plus haut du terrain. L'avion décrivit un cercle au-dessus de la vallée, crachant une fumée blanche. Billie tira sur le pantalon de Rafael :

— Pourquoi tu as pendu la poule ? Qu'est-ce qui t'a pris de pendre la poule, pourquoi tu as pendu la poule, qu'est-ce qui t'a pris de pendre la poule ? Réponds-moi, mec. Un vrai bourreau. Il n'annonce même pas l'exécution ! Une exécution à la faveur du silence, à la faveur du silence, à la faveur du silence. Quel genre de bourreau de l'apocalypse es-tu, au juste, diable d'homme ? Pourquoi tu as pendu la poule, gars ?

— Arrête de tirer sur mon pantalon, mademoiselle, lui ordonna-t-il, mais elle le frappa avec ses poings et lui mordit la cuisse.

Une bonne morsure. Sur sa cuisse musclée. Il serra les doigts autour de son menton et lui demanda si elle avait complètement perdu la boule. De la salive s'échappa d'entre les lèvres de Billie. Il la repoussa avant que le filet ne tombe sur ses vêtements, et le visage de Billie heurta violemment la pelouse. Mais elle ne se fit pas mal. Elle aurait pourtant pu se fracturer le menton ou le nez – cela arrivait à beaucoup de gens, par exemple aux champions de boxe. Elle massa son menton contre la pelouse et leva les yeux. Rafael baissa ses jumelles :

— C'est un avion à nous. Ce sont nos hommes.

Il agita le bras en l'air. L'avion sembla danser avec lui, décrivant un autre cercle au-dessus de la vallée avant de plonger vers les prés et les landes situées à l'est de la ferme. Un individu sauta des entrailles de l'appareil avec un parachute, suivi d'une caisse noire, également attachée à un parachute. Rafael étira le cou.

— Quelle plaie de ne pas avoir de chien, réflexion faite, dit-il.

L'avion accéléra, reprit de la hauteur et disparut derrière les versants au sud-est tandis que Rafael se tenait toujours droit comme un piquet, la main sur le front – le vrai salut militaire de l'officier subalterne qui avait décidé aujourd'hui d'obéir aux ordres de ses commandants. Peut-être avait-il enterré son rêve de devenir fermier. Quand on est jeune, on change de rêves comme de chaussettes, disait le personnage d'un film. Le pire dans le fait de vieillir, c'était de se retrouver coincé dans un seul rêve parmi tant d'autres, et de voir ce rêve se répéter, se répéter, se répéter, d'être prisonnier et de ne pas pouvoir bouger. On change tout le temps de vêtements quand on est jeune. On garde toujours les mêmes quand on est vieux. Lorsque l'avion se fut volatilisé, Rafael fit claquer ses talons l'un contre l'autre, colla les bras contre son corps et s'exclama d'une voix tonitruante, produisant un puissant écho dans la vallée : « Oui, chef ! » Il fit de nouveau claquer ses talons, ajusta la mitraillette suspendue à son épaule et quitta le jardin au pas cadencé, le dos parfaitement droit.

XVI

La volonté inébranlable et l'humeur sanguine de Rafael titillaient la curiosité et le sens de l'humour de Billie ; cela faisait toute la différence. L'attrait de l'inconnu la mena hors du jardin, à la poursuite du soldat qui ne lui avait pas interdit de l'accompagner, même si elle n'était pas un chien, et n'appartenait technique-ment pas à la catégorie des grandes personnes comme lui. Chaussée des meilleures baskets du monde, elle sautait sur les irrégularités du sol, attendant qu'il lui dise : Waouh, ce sont vraiment de bonnes baskets. Je n'en ai jamais vu de telles. C'est rare, d'être capable de sauter comme ça avec. Elles doivent posséder des pouvoirs magiques. Oui, c'est Maman qui me les a données. Elle sauta par-dessus un ruisseau. Regarde, monsieur, comme elles sont bien. Tu as déjà connu des chaussures pour sauter pareilles ? C'est Maman qui me les a données. Je saute comme un bonhomme à ressorts, un bonhomme à ressorts, un bonhomme à ressorts. Il enjamba le même ruisseau avec à peu près autant de souplesse qu'un bonhomme allumette. « Quelle plaie de ne pas avoir de chien, ils dénichent tout avec leur flair. » Bougonner, pleurer le chien et pendre une poule dans la même heure. Le corps du petit soldat de plomb, toujours sur le qui-vive, prêt à adopter la bonne posture dès qu'un commandant se présenterait, se redressait aussitôt chaque fois que le relief irrégulier l'obligeait à se courber. Pas facile de marcher au pas cadencé sur un sol parcouru de bosses et de trous. Arrivés dans un enfoncement, ils aperçurent un homme assis, avec à côté de lui un parachute, un étui de guitare à carreaux et un sac à dos vert armée. Vêtu d'une veste en cuir noir au col doublé de fourrure également noire et d'un pantalon militaire, il avait retiré chaussure et chaussette à l'un de ses pieds et le massait. Voyant les deux visiteurs approcher, il sourit jusqu'aux oreilles. Mais qui était le visiteur, et qui était l'hôte dans cette compagnie ? Rafael prit position, la main sur le front.

— Bonjour monsieur, dit-il d'une voix puissante – le vent et l'air frais exigeaient qu'on donne de la voix.

— Bonjour monsieur. Bonjour señorita, répondit l'homme en retirant le harnais qui le liait au parachute.

— Bonjour monsieur le parachutiste, dit Billie en s'inclinant.

— Je suis heureux de vous voir. Je me suis fait une entorse en atterrissant, expliqua l'homme en pointant son pied du doigt.

Rafael porta de nouveau la main à son front :

— Ici Rafael, membre C de l'unité d'infanterie B-3, OP-17.

— Ici Pétur, envoyé en reconnaissance pour explorer la région et faire parvenir un message à l'unité d'infanterie B-3.

— Vous êtes au bon endroit, répondit Rafael en faisant claquer ses talons.

— Et qui est cette jeune fille, si je puis me permettre ?

Rafael porta la main à son front.

— Elle s'appelle Billie et habite l'unique ferme de la vallée : Les Enfants de la Forêt aux rennes. C'est un foyer d'accueil pour les enfants. Les autres sont partis faire du camping, d'après ce que m'a dit Billie, et l'ont laissée seule à la maison. Ils ne sont pas revenus. De ce que j'ai cru comprendre, elle est orpheline, dit Rafael, baissant le bras à la fin de sa réponse.

— Un foyer d'accueil pour enfants. Les Enfants de la Forêt aux rennes, répéta Pétur comme pour graver ces mots dans sa mémoire. Une petite Cendrillon. Hmm. Intéressant. Abandonnée dans le foyer pendant que les autres partaient faire du camping. Toute une histoire. Petite Cendrillon.

— Pas si petite, et même plutôt grande pour son âge, le corrigea Rafael.

Le parachutiste plissa les yeux, en dépit des nuages qui cachaient le soleil.

— Et cette Forêt aux rennes, elle est ici ?

— Elle est là où on la veut, répondit Billie, s'immisçant dans la conversation et faisant la révérence.

Pétur rit. Il avait de belles dents. Une mâchoire de requin.

— Formidable réponse. J'ai posé la question en toute ignorance, car nous ne connaissons pas le moindre toponyme dans la région. C'est un véritable jardin secret. On sera contents de pouvoir remplir le vide de nos cartes avec au moins un nom : Forêt aux rennes.

Il regarda autour de lui :

— Mais il n'y a pas de forêt ?

— Si, sur les versants des montagnes, répondit Rafael en les pointant du doigt.

— Les versants des montagnes, répéta Pétur en inspectant plus attentivement les environs, une myopie expliquant peut-être ses yeux plissés. Très bien. Je ne vais pas pouvoir me relever sans l'aide de monsieur.

Rafael tendit la main à Pétur.

— La caisse est quelque part par là, dit celui-ci en prenant prudemment appui sur son pied. Elle contient des vivres pour l'unité d'infanterie B-3. J'imagine que la compagnie n'a plus grand-chose à se mettre sous la dent après tout ce temps.

Billie s'inclina :

— Monsieur veut-il que je porte sa chaussure et son étui de guitare ?

— Avec plaisir, répondit le parachutiste, en souriant à Billie comme on ne lui avait jamais souri.

Le premier sourire. Il eut lieu dans ce creux au cœur de la lande. Le parachute gisait dans l'herbe tel le voile d'une mariée, et Billie eut soudain la conviction que la terre se sentirait seule, et le parachute également si elle les séparait, bien qu'elle n'eût pas été mécontente d'en posséder un. Elle aurait pu s'en vanter à l'occasion : Oui, en effet, il se trouve que je suis la digne propriétaire d'un parachute. Cela dit, elle ne supportait pas la vantardise. Lorsque le nouveau venu leur eut indiqué le probable lieu d'atterrissage de la caisse noire, ils se mirent en route. Rafael menait le groupe, arborant un air méfiant qui trahissait soit de la timidité soit de la fureur. Pétur le suivait, en posant prudemment le pied un pas sur deux.

— Il m'arrive systématiquement une mésaventure quand je saute en parachute. Vous avez affaire au plus gros empoté de l'armée en personne ! Ici, à la Forêt aux rennes. La dernière fois, j'ai atterri dans un lit d'orties. La fois d'avant, j'ai traversé un toit de chaume pour me retrouver dans une bassine remplie d'eau. Heureusement, l'enfant qui y prenait son bain était sorti pour se lancer à la poursuite d'un chat, mais il avait d'abord fait caca dedans. Ne valait-il pas mieux que j'atterrisse sur son caca, plutôt que d'écraser l'enfant ? Une chance dans mon malheur. C'est ce que je dis. Et ce n'est pas tout : figurez-vous que la mère de l'enfant et moi avons passé le reste de l'après-midi à boire du thé ensemble, jusqu'à ce que le soleil se couche. Une femme vive et intelligente que j'aurais bien épousée, si nous appartenions au même camp. Mais on ne court pas à sa perte pour des sentiments, n'est-ce pas ?

Aucune réponse. Pas très bavards, les habitants de la Forêt aux rennes.

— Excusez-moi, je n'ai pas ma langue dans ma poche, bla bla bla, mais je sors de deux semaines d'isolement parce que j'ai attrapé une virulente gastro lors de ma dernière mission, quand je cherchais des insurgés dans le nord du pays. J'ai dû parler avec beaucoup de gens, des tas de gens, me lier à eux, prétendre être quelqu'un d'autre, en l'occurrence un gentil professeur de chant qui enseignait dans une grande école et lançait des flèches de Cupidon dans toutes les directions en salle des profs. C'est là que j'ai attrapé le virus, encore un fiasco ; inutile de prendre le risque de contaminer tout un escadron, alors j'ai été envoyé directement à l'isolement, où j'ai lu plein de livres pour enfants. Pourquoi des livres pour enfants, me direz-vous ? Eh bien, le régiment a pris possession d'une précieuse collection d'ouvrages pour la jeunesse, dont j'ignore ce qu'ils sont censés faire, mais au moins j'en conserve maintenant une grande partie ici, dans ma tête. Elle n'oublie jamais rien, elle. La fois d'encore avant, si vous permettez que je continue ma liste, je me suis fait une hernie en sautant en parachute. Oui, je suis un indécrottable empoté, mais heureusement, heureusement, je m'en félicite, je me remets toujours incroyablement vite. Comme une bête de foire. Je possède des gènes de singe qui permettent à mon corps de recouvrer la santé rapidement, bla bla bla, ce que je peux blablater, bla bla bla. J'a-d-o-r-e l'air de la campagne.

Billie suivait le mouvement. Quel honneur pour elle de tenir une botte militaire dans une main et un étui de guitare dans l'autre ! Elle ne manquerait pas de le raconter : Oui effectivement, hmm, écoutez-moi bien s'il vous plaît, bonnes gens, même si je me fiche que vous ne m'écoutiez pas, mais il se trouve que cet été… cet été… l'été dernier… celui qui vient de passer, chers auditeurs, c'était l'été où… pour être plus précise, le 3 juillet dernier… où j'ai tenu un étui de guitare dans une main et une vraie botte militaire appartenant à un vrai parachutiste de l'armée dans l'autre. Absolument… De fines gouttes tombèrent du ciel, mouillant le visage et les cheveux des randonneurs.

XVII

— Elle s'est suicidée, celle-ci ? demanda le parachutiste en voyant la poule pendue au poteau avant de rire à gorge déployée.

Comme pour les couvertures et les oreillers, il faut parfois aérer son œsophage – et quel meilleur moment pour le faire que lorsqu'on souffre d'une entorse ? Rafael n'esquissa pas un sourire.

— On peut dire ça, répondit-il aussitôt. Sa mort doit servir d'exemple. Les poules ont fait leurs besoins partout au rez-de-chaussée de la maison. Désormais, elles ne s'y risqueront plus.

Il porta ensuite à l'intérieur les vivres de la boîte noire, répartis dans deux sacs plastique noirs. S'installant dans le fauteuil à bascule, Pétur soupira et rehaussa sa cheville blessée sur un pouf jaune en velours. Son pied faisait un peu penser au bras de la platine vinyle. Sous sa veste en cuir, il portait un T-shirt blanc, et sous son T-shirt blanc on discernait un ventre légèrement rebondi. Billie posa précautionneusement l'étui de guitare, rangea d'un geste solennel l'unique botte militaire sur l'étagère à chaussures derrière la porte d'entrée, puis elle s'assit poliment sur la première marche de l'escalier. Elle choisit de se faire invisible et, la main sous le menton, attendit de voir ce qui allait se passer. Ayant suspendu sa veste militaire à la patère orange située au-dessus de l'étagère à chaussures, Rafael tira sur son pull à col roulé bleu qui était remonté par-dessus sa ceinture et ne prit pas la peine d'ôter ses bottes. Il plaça du café et des roulés à la cannelle sur un plateau marron, sortit d'un des deux sacs tombés du ciel du chocolat qu'il donna à Billie et du whisky qu'il servit généreusement dans deux verres à eau avant d'aller s'asseoir sur le canapé du salon, de pousser un soupir comparable à celui que Pétur avait poussé puis, se massant le ventre à travers son pull à col roulé bleu, il dit : « C'est la boisson du feu. » Rafael vida son verre d'un trait. Pétur en versa le contenu dans sa tasse de café, et but le mélange cul sec : « La boisson du feu et de l'orage », dit-il. Billie baissa les yeux sur ses baskets roses. Parmi d'autres pensées, elle réfléchissait à la quantité de chocolat qu'elle avait mangé au fil de sa vie, jusqu'à présent. Quelle superficie cela représentait ? Au moins celle de l'entrée, du salon et de la cuisine. Peut-être de quoi recouvrir la pelouse qui allait de la façade de la maison au portail. Pourrait-elle étaler tout le chocolat qu'elle avait ingurgité sur un terrain entier de football ? N'en avait-elle pas eu assez ? Devait-elle s'abstenir de manger cette barre de chocolat ? Elle sentit peser sur elle le regard d'un des deux hommes dans le salon, un regard qui n'attendait qu'une chose : qu'elle bouge, trouve un autre emplacement, hors de portée de leurs voix, c'était l'heure pour les adultes d'avoir une conversation privée. Mais Billie ne bougea pas. Elle se contenta de déballer son morceau de chocolat.

Rafael : À ton avis, tu es mon supérieur, ou c'est moi le tien ?

Pétur : J'allais poser la même question.

Rafael : Dans ce cas, je pense que nous partageons le même rang.

Pétur : Oui, probablement. Je n'aime pas faire preuve d'impolitesse, et peut-être considérerez-vous ma question comme impolie, or ce n'est pas du tout l'intention – elle concerne simplement mon travail dans cette région. Je vous fais entièrement confiance. Mais la curiosité me pousse à vous demander où se trouvent A et B, les autres membres de l'unité d'infanterie B-3 ?

Rafael : C'est bien le problème. Je l'ignore.

Pétur : Vos systèmes de géolocalisation indiquent que tous les membres de l'unité sont au même endroit.

Rafael : Oui, c'est le problème, comme je le disais. Ils m'ont abandonné ici. Avec la fille. Ils ont laissé leurs sacs et tout ce qu'ils contenaient. Lorsque je me suis réveillé après ma première nuit ici, ils s'étaient volatilisés.

Pétur : Savez-vous comment ils ont réussi à fuir, et si d'autres personnes les ont aidés ?

Rafael : Aucune idée. C'est comme s'ils avaient disparu de la surface de la Terre. Tu veux bien arrêter de me vouvoyer ?

Pétur : Pas de problème, mec. Les désertions sont rares dans cette guerre. Intéressant, d'apprendre qu'il y en a eu deux – enfin. Remarquable.

Rafael : Il est tentant de prendre la fuite dans cette vallée. Ici, on éprouve une telle liberté. Tu le sentiras, bientôt. C'est incroyable, l'effet que cette vallée a sur nous.

Pétur : Je le ressens déjà. Cette jeune fille, Billie, elle était seule lorsque vous êtes arrivés à la ferme ?

Rafael : Oui.

Parfaitement indifférent, le chat quitta le salon pour aller jouer dehors avec les lucioles, car il faisait à présent nuit noire.

Pétur : Tu sais combien de temps elle a passé toute seule ?

Rafael : Pas très longtemps. J'imagine. Mais elle a subi un immense choc, ça, j'en suis sûr.

Pétur : Hmm.

Rafael : Même si elle tient bien le coup.

Pétur : Le mieux aurait été de nous en informer.

Rafael : C'est bon à savoir, avec le recul. J'ai été pris d'un grand sentiment de rejet lorsque mes camarades m'ont abandonné dans cette maison avec une enfant de onze ans, des poules, une vache et un chat. Qu'étais-je censé faire ? Appeler le haut commandement et dire : Bonjour, ici C, B-3, OP-17, je me trouve dans une ferme où je joue les nounous pour une fille de onze ans en l'absence de ses éducateurs, je suis remplaçant dans un foyer pour enfants, je reviendrai quand mon baby-sitting aura pris fin.

Les deux hommes rirent.

Pétur : Oui, je comprends. Te voilà nounou des autochtones. C'est un peu ridicule. On ne peut pas dire des choses pareilles au téléphone. Intéressant. Très intéressant. Un vrai théâtre absurde. La maison de campagne de la solitude. Ils ne t'auraient pas cru. Ils t'auraient jugé fou et immédiatement mis dans la catégorie des déserteurs. Je comprends tout à fait ton raisonnement. On a essayé de vous joindre sur vos portables mais pas de réseau – la guerre a détruit toutes les antennes de la région. Tu n'aurais jamais pu appeler. Très bien. Tu as fait du beau travail, Rafael. Pris possession d'une ferme de qualité et d'une vallée pleine de charme, à en croire ta description. Je mets quiconque au défi de faire mieux. Daignerais-tu donner la guitare à ton camarade infirme ?

Rafael : Tu vois, camarade, tu me prends de haut. J'ai l'impression de subir un interrogatoire. Comme si j'étais ton prisonnier de guerre.

Pétur : Du calme, l'ami. Tu es sous le choc. Tes compagnons t'ont abandonné.

Le nouveau venu se mit à gratter la guitare, appelant Billie qui se leva paresseusement, sans savoir si elle devait retirer ses chaussures ou pas. Elle resta immobile un instant, essayant de prendre une décision : retirer ses chaussures, ne pas les retirer, retirer ses chaussures, ne pas les retirer, les deux hommes en bottes militaires, l'un avec un pied nu alors que l'autre ne l'était pas, retirer ses chaussures, ne pas les retirer, elle les retira et pénétra dans le salon sur la plante des pieds.

— Billie, il y a une chanson que tu aurais envie d'entendre ? demanda le guitariste.

— J'en avais une en tête avant-hier.

— Quelle chanson avais-tu en tête avant-hier ?

Calant les mains sur ses hanches, Billie chanta :

Ma petite fille qui toutes les nuits
Pleure dans son lit
Croit que je plaisantais
En lui donnant la vie
Mais mon petit bout de chou
Mon petit bout de chou
J'étais parfaitement sérieux
En te donnant naissance

Ma petite fille qui toutes les nuits
Pleure dans son lit
Croit que Dieu plaisantait
En lui donnant la vie
Mais mon petit bout de chou
Mon petit bout de chou
Dieu ne voulait que le bien
En te donnant naissance

— C'est un texte intéressant, remarquablement primitif, commenta Pétur avant d'éclater de rire.

En un instant, il maîtrisa la mélodie, enchaîna les accords et fredonna par-dessus. Puis il demanda à Billie de donner de la voix. Elle s'éclaircit la gorge, s'inclina et, les mains dans le dos, fit lentement osciller ses épaules en chantant les deux couplets sur l'accompagnement du parachutiste. À la fin du morceau, les deux militaires applaudirent à tout rompre et firent les pitres. Elle s'inclina de nouveau, puis fut envoyée au lit avec une deuxième barre de chocolat tirée du sac noir, de la boîte noire, de cet œuf de

Pâques noir qu'un oiseau géant avait pondu en plein vol. Elle emporta ses baskets roses à l'étage avec elle et les posa sur la commode orange, qui perdit toute sa couleur une fois la lumière éteinte.

XVIII

Soffia : Billie, tu as cru que je plaisantais en te donnant la vie ?

Abraham : Billie, tu as cru que je plaisantais en te donnant la vie ?

Marius : Billie, tu as cru que Dieu plaisantait en te donnant la vie ?

Tous les trois : La Création était parfaitement sérieuse, parfaitement sérieuse en te donnant naissance. Parfaitement sérieuse en donnant naissance à Billie, Billie, Billie.

Marius : Billie, tu trouves étrange d'appartenir à cette planète ?

Billie : Oui, un peu.

Marius : Tu as l'impression qu'on t'a lâchée dans une histoire créée par quelqu'un d'autre ?

Billie : Oui, un peu.

Marius : C'est parce que cette histoire t'a demandé de lui venir en aide. Cette histoire avait besoin d'une fille comme toi.

Soffia et Abraham : Cette histoire avait besoin d'une fille comme toi. Cette histoire avait besoin d'une fille comme toi. Parce qu'on ne plaisantait pas quand on t'a donné la vie, même si on avait bu deux ou trois bouteilles de vin rouge ou quatre ou cinq.

Soffia : Ton père pas rasé et moi pas coiffée avec une odeur de sueur sous les aisselles.

Tous les trois : Parce qu'on ne plaisantait pas, on ne faisait pas n'importe quoi, on ne jouait pas, on ne s'enivrait pas, on ne s'empiffrait pas quand on t'a donné la vie. On ne plaisantait pas, plaisantait pas, plaisantait pas en te donnant la vie. Parfaitement sérieux, parfaitement sérieux, parfaitement sérieux en te donnant naissance.

Billie applaudit : Merci à vous.

Soffia, Abraham et Marius s'inclinent.

Le joueur de guitare apparaît et s'incline à son tour.

Rafael apparaît et chante un solo : Je ne plaisantais pas en te protégeant des balles de ma mitraillette. Je ne plaisantais pas en t'autorisant à continuer d'embellir la Création.

Les autres : Tra la la la la tra la la la la tra la la la la.

Tous ensemble : On ne plaisantait pas quand on t'a donné la vie. On ne plaisantait pas quand on t'a donné la vie. On ne plaisantait pas, sérieusement sé-sé-sérieux en te donnant naissance, ma Billie. Ding.

XIX

Jusqu'au bout de la nuit, les deux soldats chantèrent au son de la guitare des poèmes, des ballades, des hymnes militaires, du rock et du blues, puis la chaîne hi-fi prit le relais. Billie se retourna dans son lit à intervalles réguliers jusqu'à ce que le silence tombe et achève de la réveiller. Il n'y avait personne sur le matelas au pied du lit, mais elle entendait l'eau couler dans la salle de bains. Le robinet fut coupé.

P : La puanteur qui émane des pieds des hommes est particulièrement forte. Celle des femmes est plus douce.

R : L'armée devrait développer une crème contre les pieds qui puent pour éliminer l'odeur pestilentielle des casernes. Un genre de spray dans un emballage facilement transportable, qu'on pourrait conserver dans notre sac à dos. Le département de recherche scientifique bénéficie d'un énorme budget. Cela pourrait représenter un défi intéressant pour un jeune chimiste ambitieux.

P : L'homme a besoin d'une femme pour compenser sa propre odeur corporelle. Sinon, il empeste. Les animaux perçoivent cette puanteur, et les femmes aussi. Tu parles d'une putain de guigne. L'odeur d'un homme expose sa condition mentale. C'est l'ennemi le plus perfide qui soit, une délatrice et rien d'autre.

R : Regarde la taille de mes orteils, de vrais mastodontes. Sûrement les plus gros orteils de l'armée. Ils me font penser à des pommes de terre.

P : On dit qu'un homme devrait dormir sale dans le lit de son ennemi, pour l'infecter de son odeur corporelle et de la puanteur de ses pieds. Gagner une guerre, au fond, c'est ça : polluer la couche de son ennemi avec sa propre puanteur. Mais personne ne sort vainqueur de nos jours, car on remplace tout, on achète sans cesse de nouveaux matelas, de nouveaux meubles. Une propreté excessive qui viendra à bout du courage des hommes. La propreté tue l'ambition. Tu vois ce que je veux dire. Agiter son odeur de pied sous le nez de son ennemi.

R : C'est lié à la gravité : la puanteur tombe dans les pieds et y reste. Ce qui n'est pas plus mal. Tu imagines, si la tête dégageait une odeur aussi putride ? Les cheveux sales sentent bon. Pourquoi les hommes puent-ils plus des pieds que les femmes ? La gravité a-t-elle plus d'effet sur eux ?

P : Tu sais, les bonnes femmes peuvent suer comme je ne sais quoi. Et je ne te raconte pas l'odeur ! J'adore la sueur masculine. Elle est loyale et intrépide.

R : La gravité a donc moins d'effet sur les femmes.

P : C'est la lune qui affecte les femmes.

R : Ce qui explique pourquoi elles sentent davantage la sueur mais puent moins des pieds. Parce qu'elles sont attirées par la lune, tandis que nous sommes attirés par la terre. C'est pour cette raison que nous voulons mourir. Et qu'elles ont une plus grande volonté de vivre.

P : Je supporte bien mieux l'odeur de sueur d'un homme. Elle est vivifiante, comme le champagne.

R : Tu l'as déjà dit.

P : On n'a pas le droit de se répéter ?

R : En ce qui me concerne, tu peux faire ce que bon te semble, si cela ne me porte pas préjudice.

P : Je me répète parce que personne ne m'écoute.

R : Je t'écoute, moi.

P : Tu es un personnage remarquable et intéressant, Rafael.

R : Bois un coup. Tu vas sentir à quel point ça fait du bien de boire du whisky en prenant un bain de pieds. Tu le sens ? Tu le sens ?

XIX BIS

P : Miam. C'est bon.

R : Je ne peux pas me passer d'un bain de pieds avant d'aller me coucher. C'est aussi génial quand on est saoul, parce que ça fait tourner la tête. La puissance du vertige qu'on ressent est proportionnelle à la chaleur de l'eau.

P : Ajoutons de l'eau chaude. Ajoutons de l'eau chaude.

R : Ça soulagera aussi ta blessure au pied.

L'eau commença à couler dans la baignoire. Puis le robinet fut coupé.

R : Bois pendant que l'eau est brûlante de chez brûlante. Une bonne grosse gorgée, et garde-la en bouche un moment.

P : Miam. Ma grand-mère serait contente en me voyant, elle était très à cheval sur l'hygiène. Les autres membres de ma famille sont de vrais gorets. Elle était très seule, mais ça, je ne m'en suis rendu compte qu'à sa mort. Seule entourée de gorets. Si je l'avais su avant, j'aurais été beaucoup plus soigneux de son vivant.

R : Voilà une chose qu'on apprend à l'armée : faire attention à soi, rester propre et frais, et toujours bien disposé.

P : Oui.

R : Repasser ses vêtements.

P : Prendre un bain de pieds.

R : Prendre un bain de pieds.

P : Mettre du sel dans son bain de pieds.

R : Non, ça, je l'ai appris ailleurs, pas à l'armée.

P : Même tout petit garçon, je craignais que ma grand-mère meure. Et puis cela a fini par arriver. Ça a été une immense perte. Si je n'avais qu'un souhait, ce serait qu'elle me voie ici, prenant un bain de pieds avec un camarade de haute qualité. Ça, pour être en bonne compagnie, je suis en bonne compagnie. Je n'avais pas d'amis quand j'étais petit ; merde alors, pas un seul. Mais ma vieille grand-mère, on ne l'écoutait pas. Personne ne lui prêtait attention. C'était comme passer la radio dans une décharge.

R : C'est pourquoi tu as l'impression que personne ne t'écoute.

P : Oui. Tôt ou tard, la culpabilité finit par atteindre le coupable, n'est-ce pas ?

R : Mais moi je t'écoute, même si tout ce que tu dis est absurde.

P : Tu m'écoutes parce que tu manques d'assurance.

R : Je ne manque pas d'assurance.

P : Oh que si. Je n'aime pas les gens sûrs d'eux. Ce sont des hypocrites. Et toi, je t'aime beaucoup, Raffi.

R : En y réfléchissant, je crois que j'apprécie l'odeur des pieds. Je me verrais tout à fait manger une chaussette humide de transpiration, qui sort fraîchement de sa chaussure, une chaussette qui a servi à faire un jogging en pleine canicule. Je me verrais la manger avec des haricots verts ou rouges. Rouges. Des haricots rouges brûlés.

P : Cela doit bien avoir un intérêt, sinon l'odeur de pieds n'existerait pas.

R : Les chaussettes qui sentent les pieds sont irrésistibles. Je voudrais enterrer une malheureuse chaussette puante et écrire : Ci-gît une charmante chaussette puante, puisse-t-elle rester gravée dans les mémoires pour l'éternité.

P : Je comprends ce que tu veux dire – remarquable. Je voudrais m'allonger avec une chaussette puante dans la main, tout contre ma joue, et m'endormir comme un marmot.

R : Comme avec un biberon. Comme avec un biberon.

P : Oui. La sucer comme une glace à l'eau. Ma chaussette puante adorée, ne m'abandonne jamais. Je t'aime, je t'aime, je t'aime.

R : On devrait sortir pendant que l'eau est encore brûlante et bouillonnante. Je vais t'aider pour éviter que tu glisses au fond de la baignoire, camarade. Voilà, comme ça, mon brave.

XIX TER

P : Waouh, ce que ça fait du bien, de pisser après un bain de pieds.

R : Je ne te le fais pas dire. Et de se brosser les dents, aussi.

P : Nous allons nous coucher beaucoup trop propres, Raffi. J'ai honte pour le reste de ma famille. Comment va-t-on faire pour se salir ? Salissons-nous, Raffi. Je veux être sale. C'est un absurde théâtre absurde, la maison de campagne de la solitude. Je veux tomber amoureux et ramper dans la poussière pour mon amour et ma patrie tour à tour. Tout ça est trop pudibond. Je ne veux pas être ici. Je ne veux pas être propre. Je pourrais aussi bien être mort. Je veux qu'on me flagelle. Je suis un crétin fini. Je me consume de stupidité. Putain de babillages. La maison de campagne de la solitude. Je veux me faire couper les testicules et les exposer au musée national. Tornade, emporte-nous, Raffi et moi, loin de cette décharge et jette nos testicules au musée national. Les testicules du soldat parachutiste. Dieu tout-puissant. Le cerveau du soldat parachutiste. Les orteils du soldat parachutiste. Bloup bloup bloup. Une cage en verre au musée national, contenant les parties de mon corps réduites à leurs unités fondamentales. Pour la patrie. Le cœur du soldat parachutiste. La jambe du soldat parachutiste. Mais Raffi, mon membre ne s'y trouvera pas, car il sera dévoré par les loups. Qu'il revienne à nos ennemis. Je te promets que…

R : Bois un peu de whisky, mon brave Pétur. Vois comme c'est agréable, quand on vient de se brosser les dents.

P : Délicieux.

R : Ne me crache pas dessus, mec.

P : Non, pardon, je raconte n'importe quoi. À présent, je me sens comme une poule, ou un missionnaire. On ne peut pas gagner une guerre avec des orteils fraîchement lavés. Je vais verser du whisky dessus.

R : Bonne idée. Moi aussi. Bonne idée.

P : Je suis toujours le même goret, bien que ma grand-mère soit morte et que l'armée m'ait enseigné l'hygiène propre à sa classe. Pardonne-moi, Grand-mère, de ne pas pouvoir être comme toi, amen. On n'est propre que lorsqu'on s'entraîne. Lorsqu'on arrive sur le champ de bataille, il vaut mieux réduire ses exigences, sinon c'est la débandade. Je vais écrire un livre qui s'intitulera « Comment gagner une guerre grâce à la propreté » ; en d'autres termes, comment la perdre spectaculairement. « Crasse sur le champ de bataille », voilà comment il devrait s'appeler. Le critère numéro un d'une victoire, c'est la saleté. La saleté corporelle. Pieds sales. Sueur et poux.

R : Cesse tes enfantillages. Suis-moi, mon pote.

P : Oxyures et vers de fer.

R : Profite de l'air de la campagne pour te détendre, mon petit Pétur.

La porte de la salle de bains s'ouvrit et un rayon de lumière tremblota sur la paupière de Billie.

P : Je crois qu'il n'y a que des crasseux, excepté les morts. Cela dit, on n'a pas accès à la douche après la mort – mais pourquoi ça nous manquerait ? Imagine, Raffi, un squelette sous une douche. Un fantôme qui prend un bain. J'aimerais bien savonner un squelette, n'importe quel squelette, de la tête aux pieds. Ce serait une sacrée poilade ! Mon cher squelette, puis-je savonner la paume de tes mains à présent ? Waouh. S'étendre dans un bain avec un squelette. Un jour, on dépiautera notre ennemi et on se couchera avec… Dis, je suis censé croire que tu dors sur un matelas dans la chambre de la gamine ? Raffi, mon brave.

R : Où veux-tu que je dorme ? Elle pourrait s'enfuir. N'oublie pas qu'elle est prisonnière de guerre, en quelque sorte.

P : Très juste. Intéressant. Remarquable. Et que doit faire l'armée de ce butin ?

R : Ben… Qu'est-ce que tu en penses, toi ?

P : Moi, je dois explorer la région, retrouver l'unité d'infanterie B-3, ce qui est fait, tout au moins en partie, puis écrire un rapport sur l'opération OP-17. Je n'ai pas la moindre idée de ce qu'on doit faire des prisonniers de guerre enfants. Le problème avec la guerre, c'est qu'on ne sait jamais quoi faire des enfants.

R : Cette fille est le rayon de soleil de ce pays. Le rayon de soleil de sa génération. On n'a pas le droit de la tuer.

Rafael s'immisça pieds nus dans la chambre, son pantalon de soldat retroussé, ses orteils propres comme des sous neufs. Autour de lui flottait une odeur de savon à l'huile d'olive et de dentifrice à rayures bleues, mêlée à des effluves de tabac et de whisky, marinés pendant des heures.

P : Je suis d'accord. Plutôt perdre la guerre que de tuer Billie.

R : Waouh, elle a si joliment fait mon lit. Je ne peux malheureusement pas te le montrer, car je n'ose pas allumer la lumière. Les enfants ont ce don de faire fondre votre cœur. Comme les animaux. Les enfants et les animaux sont de vraies énigmes.

P : Billie est un trésor national, comme les pyramides d'Égypte.

XIX QUATER

La couverture militaire dans les bras, Rafael enjamba le matelas et referma la porte. À en juger par le son, les deux hommes s'installèrent dans la grande chambre, où Marius s'était couché quelque cinq cents soirs, après autant de tours rigoureux de la maison en chemise de nuit. Il commençait toujours par le rez-de-chaussée, tirant les rideaux devant les fenêtres qui en possédaient, vérifiant toutes les prises ; par souci de sécurité, il préférait débrancher les appareils électriques la nuit, hormis le réfrigérateur, son radio-réveil et ceux de Jenny et Inga. Il s'assurait que les plaques de cuisson et le four étaient bien éteints – sans oublier le fer à repasser, le fer à repasser, penser à le débrancher si ce n'était pas déjà fait. Il inspectait les radiateurs électriques et ceux au gaz quand il faisait froid. Il resserrait les robinets des éviers, coupait même parfois l'arrivée d'eau pendant la nuit – on n'était jamais trop prudent. Il allait voir si les fenêtres pouvant générer des courants d'air inopportuns étaient bien fermées. Il claquait la porte d'entrée ; nul besoin de la fermer à clé mais, ayant vécu en ville, il le faisait souvent par automatisme – il ne se rappelait qu'il vivait à la campagne et pouvait donc s'abstenir de la verrouiller qu'au prix d'un immense effort. Il éteignait toutes les lumières du rez-de-chaussée en dehors de la veilleuse à piles blanche et bleue accrochée à la fenêtre de la cuisine puis, pieds nus, il montait à pas de loups. Il jetait un œil dans les chambres des enfants pour voir si l'un d'eux s'était endormi avec la lumière allumée, il ajustait une couverture, vérifiait si une couette ou un oreiller étaient en contact avec une ampoule chaude ou un radiateur. Il tournait les robinets des salles de bains – les petits lavabos des enfants, les grands lavabos des adultes –, regardait si une bonde oubliée ne bouchait pas l'évacuation, ce qui aurait pu entraîner un dégât des eaux. Il éteignait le plafonnier du couloir mais laissait l'applique verte sur le mur allumée. Marius adorait se coucher en dernier, tard le soir, après avoir effectué tous ses contrôles. Cette balade autour de la maison constituait le point d'orgue de la journée. C'était son rôle dans la vie, de confier la maison, l'électricité, le chauffage, l'eau, les enfants endormis, les femmes, lui-même, les canalisations et les fenêtres à l'étreinte sécurisante de la nuit. Les derniers pas jusqu'à son lit représentaient tout pour lui, plus précieux encore que la tension et l'excitation que l'on ressent en se levant le matin. Il s'essuyait les pieds sur le tapis de sa chambre avant de se glisser sous les draps. Fermant les yeux, il repensait à tout ce qui s'était passé au cours des seize ou dix-sept heures précédentes et préparait déjà les tâches du lendemain, esquissant une grossière ébauche de la journée dans sa tête. Plusieurs fois, Billie avait accompagné Marius pour sa ronde du soir, parce qu'il lui arrivait de se réveiller alors que, selon les règles, elle était censée dormir. Comme maintenant. Ne valait-il mieux pas pour une enfant de son âge se réveiller une seule fois dans la journée, et pas davantage ? Dans la grande chambre, le radio-réveil était allumé et diffusait, à un volume à peine plus haut qu'un murmure, une chanson de rock vaguement connue. Sombrant dans le sommeil, Billie rêva d'un bonhomme à ressorts arborant les mêmes vêtements que le parachutiste. Une veste de cuir noir avec un col en fourrure.

Salut Billie, je suis le bonhomme à ressorts, il y a 365 jours dans l'année, tu veux du chewing-gum ?

Salut Billie, je suis le bonhomme à ressorts, il y a 365 jours dans l'année, tu veux du chewing-gum ?

Salut Billie, je suis le bonhomme à ressorts, il y a 365 jours dans l'année, tu veux du chewing-gum ?

XX

Pour une espionne aux chaussons ornés de têtes de lapins, l'idéal est de se lever la première et d'aller inspecter les vestiges de la nuit. La porte d'entrée était grande ouverte. Les deux soldats avaient abondamment fumé dans le salon – rien d'étonnant, ils possédaient un stock impressionnant de cigarettes –, mais en dehors de cela ils avaient tout rangé, fait la vaisselle, vidé les cendriers. La guitare se trouvait contre le pilier du téléphone dans l'entrée, et les Barbie sur le fauteuil à bascule – que faisaient-elles là ? Dehors, contre la porte, il y avait un sac plastique noir rempli de cannettes de bière vides. Billie le souleva. La poule morte gisait dans une marmite sur la cuisinière, entourée de tranches de citron – ce qu'elle put constater en montant sur une chaise. La photographie d'un homme entre deux âges à l'allure soignée et au costume élégant avait été suspendue au réfrigérateur. De quoi les adultes étaient-ils capables en une nuit pendant que les enfants dormaient ? Derrière la table de la cuisine, elle trouva le deuxième sac noir, qui contenait des cannettes de bière encore pleines, des bouteilles de whisky, du chocolat, des cartouches de cigarettes – jamais elle n'avait vu quelqu'un posséder autant de cartouches de cigarettes –, des masques à gaz, de la viande déshydratée, de la soupe en sachets, du lait en poudre, des médicaments, des bandages, des liasses de billets dans un emballage en plastique épais avec une fermeture éclair, du savon, de la mousse à raser, des rasoirs, du papier toilette, du thé et du café. Bravant la loi qui protégeait les enfants de l'esclavage (étrange, qu'on ne puisse forcer les enfants à travailler, mais qu'on les oblige à aller à l'école – peut-être pour qu'ils sachent lire les bulletins de vote), Billie grimpa de nouveau sur la chaise devant la cuisinière et fit chauffer de l'eau pour préparer le café. Elle voulait prêter main-forte à son tour, puisque les autres avaient fait le ménage. Se montrer solidaire de ce bel effort pour garder la maison propre et bien rangée. Alors que l'arôme de son café inaugural montait l'escalier, Rafael le descendit. Ils se rencontrèrent à mi-chemin. Soldat : Bonjour, arôme. Arôme : Bonjour, soldat, ou fermier, lequel des deux es-tu aujourd'hui ? Soldat : Pas d'interrogatoire aussi tôt le matin, cher arôme. Chemise de nuit du maître des lieux sur le dos, pieds nus, des traces de dentifrice au coin des lèvres, Rafael se frotta les yeux, éliminant de ses paupières ce qu'on appelle la chassie, les petits grumeaux, les roses de givre, les larmes séchées, purulences, peluches, résidus de rêves, résine de rêves, poussières du cosmos.

— Tu arrives juste à temps pour le café, annonça Billie.

— Merci, petite grande dame, dit Rafael en s'asseyant.

Elle lui tendit une tasse fumante.

— Notre ami est parti. Sa mission à la Forêt aux rennes est terminée. Mais il a laissé sa guitare et m'a enseigné deux accords, ce qui devrait me suffire à jouer n'importe quelle chanson. Nous avons trouvé un vieux vélo dans le cabanon. À vrai dire, pas si vieux. Tu sais à qui il appartenait ?

— Non, répondit-elle en toute sincérité.

— Il voulait quitter la vallée à vélo, explorer la région dans son ensemble puis rouler vers l'ouest en direction de la Vallée éternelle. À partir de là, c'est un voyage d'une journée ou deux pour rejoindre l'aéroport militaire le plus proche.

— On ne le reverra pas ? demanda Billie, qui avait eu hâte de lui offrir un café.

Puisque c'était ainsi, il allait bien falloir s'en accommoder. Elle aurait pourtant tellement aimé lui servir du café. Il lui aurait peut-être alors adressé un de ses remarquables sourires intéressants.

— En tout cas pas de sitôt.

— C'est gentil, de nous avoir laissé sa guitare, commenta-t-elle en posant les yeux sur l'instrument.

— Oui, répondit Rafael en regardant également la guitare, qui rougit devant l'attention qu'on lui portait, au point que la température de l'étui augmenta, et lorsqu'un courant d'air relia la fenêtre ouverte du salon à la porte d'entrée, la caisse de résonance émit un sifflement qui rappelait la fin d'un morceau de rock.

Billie suivit du regard le trajet du vent qui traversa le salon puis le vestibule avant de ressortir. Quelle étrange décision de la part du parachutiste, de partir ainsi à vélo avec une seule chaussure, car l'autre botte militaire se trouvait toujours sur l'étagère de l'entrée, où elle l'avait rangée la veille. Peut-être possédait-il des tongs bleues comme Rafael – un cadeau de l'armée. Sa cheville tordue et enflée ne lui aurait pas permis d'enfiler un autre type de chaussure. Traverser une vallée en pédalant avec une botte militaire à un pied et une tong à l'autre. Il valait mieux pédaler que marcher quand on souffrait d'une entorse, et rire en voyant une poule suspendue à un poteau.

— Tu crois qu'il va pleuvoir ? demanda Billie – une phrase qu'elle avait entendue pour la première fois dans un film. J'aime bien marcher sous la pluie.

— Moi aussi, répondit Rafael. Ça te dirait de sortir marcher, même s'il ne pleut pas ?

— Je ne sais pas.

Elle ne voulait pas promettre la lune, cela coûtait un bras, comme son père ne le savait que trop bien, à cause des marionnettistes, ces créatures de l'autre planète. En effet, elle n'avait pas affirmé aimer marcher dans d'autres conditions météorologiques que la pluie. Quel intérêt ? Par ailleurs, il était beaucoup trop tôt pour qu'une fille de son âge aille se balader avec un homme adulte.

— Il ne risque pas d'y avoir des mines dans le coin ? demanda-t-elle, les sourcils froncés. L'avion a peut-être semé des mines invisibles au-dessus de la Forêt aux rennes sans qu'on le sache.

— Non, impossible, répondit Rafael avec un sourire.

— Eh monsieur, si je t'en disais un peu plus au sujet de mon père le pantin ?

XX BIS

— Parle-moi d'abord de Marius.

— Quand Marius a obtenu son diplôme de l'École publique de ballet, on lui a demandé de rejoindre la Compagnie nationale et de devenir danseur étoile. Marius aurait aimé que Maria le soit également, mais la Compagnie ne voulait pas d'elle, et elle ne voulait pas faire partie de la Compagnie non plus. Son rêve à elle était de chorégraphier elle-même les ballets dans lesquels elle dansait. Maria est allée à la rencontre du directeur de la danse et lui a dit : Je vous annonce formellement que je ne ferai pas partie de votre compagnie. Merci, mais c'est non pour moi. Nous ne vous avons jamais invitée à nous rejoindre, lui a rétorqué le directeur de la danse. Elle a dit : Peu importe, c'est non pour moi. La Compagnie nationale de ballet ne convient pas à mes ambitions. Nous ne vous avons jamais invitée, a répété le directeur de la danse, mais elle a secoué la tête comme si elle faisait face à un idiot fini puis, après une révérence digne de la danseuse qu'elle était, elle s'en est allée d'un pas assuré, la tête haute. Elle s'est mise à danser dans un bar de nuit pour subvenir à ses besoins, et chorégraphiait ses ballets le jour, dans une salle de répétition glaciale. Mais ce n'est pas à cause de Maria que Marius a quitté la compagnie. Il en avait assez qu'on le regarde, et l'a dit à Maria un soir, alors qu'ils s'apprêtaient à se coucher dans la chambre de cette dernière – elle portait son pyjama à lui et lui son pyjama à elle, parce qu'ils étaient romantiques et un peu mièvres. Il mettait ses crèmes à elle, et elle ses crèmes à lui. Elle perdait ses moyens lorsqu'elle ne sentait pas son odeur sur elle ; lorsque lui perdait ses moyens, il prenait des antalgiques. Mais retournons à notre histoire. Cette nuit-là, il a dit à Maria que danser sur la scène du Ballet national lui donnait l'impression d'être un strip-teaseur, or il n'avait aucune envie de faire des strip-teases devant les riches bourgeois et intellectuels de la ville. Quelle ingratitude d'un des danseurs étoiles les plus talentueux du siècle ! s'est exclamée Maria, soudain furieuse, hurlant si fort que sa colocataire s'est réveillée et s'est mise à pleurer – elle ne supportait pas d'entendre la moindre dispute, cela lui donnait l'impression que la guerre avait éclaté.

Par réflexe, Billie baissa la voix :

— Pour être honnête, Maria faisait à moitié du strip-tease, du *go-go dancing* dans ce bar de nuit. Toutes les filles en ligne, soulevant leurs jupes. Elle avait interdit à Marius de venir. Il n'avait le droit de la voir que dans la salle de répétition où elle créait ses ballets. Marius a protesté : Ces ballets antédiluviens dans lesquels je danse ne sont rien d'autre que des musées de cire à la gloire d'une culture morte, c'est comme parler latin dans un répondeur téléphonique à longueur de journée. Maria, dois-je continuer à entraîner mon corps pour un ordre mondial que je n'approuve pas ? Je ne veux pas de cet ordre mondial, non merci. Je suis un mémorial vivant, un monument à la mémoire du passé et aux forces oppressives du présent, alors que mon corps est encore jeune et résistant ; dorénavant je veux être un mémorial de l'oubli. Les spectateurs qui viennent nous voir sont trop chics pour s'asseoir dans un bar, ils ont tellement peur des maladies ou des voleurs qu'ils préfèrent aller regarder des statues dans les musées ou des ballets dans les théâtres. Voilà ce que Marius avait à dire. Maria lui a rétorqué qu'il était devenu fou. Marius a quitté le ballet, puis il a déménagé de la chambre qu'il louait pour acheter une petite maison en banlieue où il s'est enfin senti bien. Il a demandé à Maria d'habiter avec lui. Dans sa maison, elle aurait suffisamment de place pour créer ses ballets. Il l'emmènerait en voiture au bar, l'attendrait et la ramènerait après le travail. Il la regarderait façonner ses chorégraphies et pourrait faire office de conseiller spécialisé. Il lui préparerait des repas chauds le midi. Marius faisait des courses tous les jours avant d'emménager à la Forêt aux rennes. Il achetait de la nourriture et des antalgiques. Au printemps, il a semé tous ses comprimés dans la terre pour voir si cela ferait pousser des fleurs ou un arbre à antalgiques. Mais rien n'est encore sorti.

— Il était optimiste. Comment Marius gagnait-il sa vie ?

— Son père lui avait laissé de l'argent. Il ne s'était jamais occupé de lui, mais juste avant de mourir, il lui a envoyé une grosse somme, afin de soulager sa conscience. N'est-ce pas ce qu'on dit quand les gens font ce genre de choses : soulager sa conscience ?

— Si.

— Mais Maria ne voulait pas vivre avec Marius. Elle préférait rester dans sa petite chambre de location et prendre son vélo pour se rendre au bar. Tu sais pourquoi elle a dit non ?

— Non.

— Parce que chacun doit suivre les méandres de son propre chemin. C'est ce qu'elle a dit à Marius, qui après cela n'arrêtait pas de répéter cette phrase en toute occasion. Chacun doit suivre les méandres de son propre chemin. Il la lançait souvent sans crier gare quand il préparait du porridge ou je ne sais quoi, quand il mettait du linge dans la machine à laver. Je lui ai dit que, s'il continuait, il finirait par prendre feu, et son corps se retrouverait pris dans de grandes flammes lumineuses impossibles à éteindre. Il a essayé de mettre un terme à cette mauvaise habitude, mais il n'y arrivait pas : Si j'arrête de prononcer cette phrase, il faudra que je recommence à prendre des antalgiques. C'est elle qui m'a sauvé du joug des médicaments. Qu'il en soit ainsi, ai-je conclu, mais n'oublie pas de boire de l'eau à chaque fois que tu prononces ces mots. Ça te protégera du feu intérieur. Sinon, tu risques de t'assécher.

— Que s'est-il passé ensuite ?

— Marius adorait sa petite maison et tout ce qu'il y avait autour. Les voisins, les employés de la pharmacie, ceux de l'épicerie et le roi du rock qui habitait la maison d'en face. Lorsque la guerre a éclaté, il a convaincu sa mère et la sœur de cette dernière de fonder ce foyer, puis il a vendu sa maison. Le roi du rock lui a aussi donné de l'argent. Ils étaient devenus amis entre-temps, parce qu'ils voulaient de nouveaux réverbères avec des ampoules moins puissantes dans la rue. La lumière les empêchait de dormir, alors une nuit, le roi du rock en a eu assez et a voulu tirer un coup de fusil sur l'ampoule d'un des réverbères, mais Marius l'a calmé. Après ça, ils ont pris l'habitude de jouer au billard quand l'ami du roi peignait le sol de la buanderie. Le roi du rock ne pouvait pas vivre une journée sans billard. Avant d'emménager ici, Marius a dit à Maria qu'il y aurait de la place pour elle chez les Enfants de la Forêt aux rennes quand elle voulait – pour l'éternité. Mais il n'a pas eu de nouvelles pendant 366 jours, et on ne sait toujours pas ce qu'elle est devenue. Elle est peut-être bloquée dans les méandres de son propre chemin.

— Marius a complètement arrêté la danse ?

— Oui. C'est pourquoi il a pris un peu de poids. On grossit quand on arrête subitement de danser. Par contre, il a continué de marcher en canard.

— Dis-m'en plus.

XX TER

— Un matin, alors que Marius mettait de l'ordre dans le lit de rosiers qui se trouve devant la porte-fenêtre, je me suis assise dans l'herbe. Marius, je suis amoureuse de toi, lui ai-je dit. Je voulais savoir ce que ça faisait de déclarer sa flamme à un presque inconnu. Comme on le fait dans les films. Les acteurs doivent se mettre dans la peau d'un personnage amoureux alors qu'ils ne connaissent pas la personne qui leur donne la réplique. Occupé à arracher les mauvaises herbes, Marius s'est interrompu et m'a regardée. Billie, m'a-t-il répondu en me fixant d'un air ahuri, j'ai décidé de ne plus pratiquer l'amour. Non pas parce que Maria n'est pas venue. Je ne suis pas capricieux au point de ne vouloir personne si je n'ai pas droit à celle que j'aime. Non non non. Je voudrais m'unir à toutes celles qui me traversent l'esprit, à la seule condition que nos liens disparaissent aussi vite que la nuit se transforme en jour. Plus on passe de temps avec quelqu'un, plus il devient compliqué de s'en défaire lorsqu'on veut recouvrer sa liberté. Comme avec Maria. Bien que j'aie attendu tout ce temps, et qu'au moins autant de temps ait passé depuis, le fil qui nous unit n'a toujours pas disparu, du moins en ce qui me concerne. Je doute qu'il disparaisse un jour. Cela signifie que, si je vis d'autres histoires d'amour, les fils s'échappant de mon cœur seront encore plus nombreux, et il faudra bien que je m'en occupe, même si je m'en crois libéré. Je finirai avec une forêt entière de fils plantés dans mon cœur. Lorsque je l'ai enfin compris, je n'ai gardé de lien qu'avec Maria, ma mère et Jenny. Je ne serai jamais libéré de ces trois femmes, mais je n'ajouterai plus personne à ce groupe. Non, plus jamais. De toute façon, les enfants partent tôt ou tard, et c'est très bien comme ça. Ils grandissent et s'en vont. Je n'ai rien à redire à cela.

C'était un long discours, et j'avais terriblement pitié de ce pauvre Marius, qui continuait de parler : Ma mère est indépendante et libre, parce qu'elle m'a conçu avec un garçon qu'elle ne connaissait pas lors de vacances au ski. C'est une chance, que mon père n'ait pas voulu avoir affaire à nous, ainsi elle n'a pas eu à négocier ou batailler avec un amant, d'hier ou d'aujourd'hui. Maman est un modèle pour moi. Oui, Marius, ai-je dit, mais ça ne change rien au fait que je suis amoureuse de toi. Il m'a caressé la joue : Je respecte cet amour que tu me portes, et j'en prendrai soin, m'a-t-il répondu – un peu mièvre. Moi : Je n'ai que onze ans, il est donc illégal pour nous de former un couple, mais je ne peux m'empêcher d'être amoureuse de toi. Tu n'as pas à t'en empêcher, a-t-il dit avant de reprendre son désherbage. J'ai décidé de lui écrire une lettre d'amour sous le nom de l'unique femme qu'il ait aimée, la belle ballerine Maria. Tu veux savoir ce que j'ai écrit dans cette lettre ?

— Oui, pourquoi pas ? répondit Rafael.

— *Mon amour, chacun de mes pas de danse sur la piste t'est destiné. À toi pour l'éternité, Maria.* J'ai découpé des lettres, les ai alignées et collées sur une feuille, que j'ai glissée dans une enveloppe adressée à « Marius, ange d'amour ». Je l'ai posée bien en évidence dans le bureau. Puis j'ai reçu une réponse. Elle m'attendait dans ma botte, une enveloppe avec le nom de Maria écrit en rouge. Puisqu'elle se trouvait dans ma botte, je me suis dit que j'avais le droit de la lire :

Mon amour, je sais que tu ne danses que pour moi, que tu ne danseras jamais que pour moi. Chaque fois que tu dors avec un autre homme, tu dors avec moi. Les ballets que tu composes sont pour mes yeux et ma mémoire. Année après année, tu rencontres mes remplaçants, et au premier jour tu as la sensation de n'avoir jamais rien vécu de tel. C'est le pouvoir magique de l'imagination. Notre amour ne connaît aucune limite temporelle, aucune frontière entre la vie et la mort. À toi pour l'éternité, Marius.

— Waouh, dit le soldat, plissant les yeux parce qu'il avait terriblement besoin de ses antalgiques, qu'il alla chercher dans le sac noir contenant les vivres de l'armée.

— J'ai écrit une réponse à mon tour :

Marius, mon amour. Tu ne me posséderas jamais, car je suis comme le vent. Et ma danse l'est également. Le vent est mon modèle. Tu m'aimes comme un homme aime le vent. En te remerciant pour tout. Ta Maria.

— Tu as reçu une autre lettre ? demanda Rafael en avalant ses comprimés.

— *Chère Maria, ma Sainte bien-aimée. Tu es le vent et je suis la pluie qui tombe et s'infiltre dans la terre pour se cacher du soleil. Parfois, elle embrasse le vent sur son chemin, et c'est le bonheur. Elle parcourt le monde, nettoyant les rues, arrosant les plantes, rafraîchissant les visages. Le vent se levant bouscule tout ce qu'il touche, les jupes et les manteaux et les bonnets qui s'envolent vers l'inconnu. Je t'aime, mon doux ange d'amour. La nuit où nous avons été réveillés par l'odeur de gâteau en pro-*

venance de la boulangerie est et restera le sommet de ma carrière d'amant. Cela ne se répétera jamais. L'amour, c'est pour les adolescents, Maria, et j'ai mûri prématurément. Je vais désormais passer ma vie à vieillir, en savourer chaque seconde, sans que les yeux de ma bien-aimée n'assistent à la décrépitude de mon corps. Je n'ai pas la patience d'attendre. Je voudrais vieillir tout de suite, laisser à mes successeurs le plaisir de découvrir ces instants d'amour délicieux que le monde recèle et dont il nous bombarde à la manière d'une machine à bulles devenue folle. À tous ceux qui n'ont pas encore vécu ces moments, je souhaite prospérité et bonheur. Même à toi, Maria, et à ton imagination. Je n'oublierai jamais nos matins, à toi pour toujours, ton ami et amant, Marius, hier danseur étoile, aujourd'hui jardinier et ami des enfants.

— Mince alors, commenta Rafael en regardant Billie.

— Maria disait que Marius devait consulter un médecin pour cause de dépression, mais il ne comprenait pas ce qu'elle voulait dire. Je ne suis pas déprimé, répliquait-il, je sais ce que je veux : je veux avoir la paix loin du monde.

— C'est vraiment ce qu'il a dit ?

— Oui. Ce n'est pas ma tasse de thé, c'est la tienne, tout ce monde qui habite en ville, c'est ta tasse de thé, le ballet et tout ça. Mais ce n'est pas la mienne.

— Remarquable. Un point de vue vraiment remarquable et intéressant. Mais dans ce cas, ne peut-on pas le comparer aux spectateurs du Ballet national, ces gens riches et privilégiés qui évitaient la vraie vie, peut-être à cause d'une profonde peur d'attraper quelque chose ?

— Si, répondit Billie d'un ton solennel. On peut dire ça.

— C'est malheureux.

— Marius aimait assurer notre sécurité, à moi et aux autres enfants. Prendre garde à ce qu'un incendie ne se déclare pas dans la maison, ce genre de choses. Tu as remarqué comme les extincteurs sont nombreux ici ?

— Oui.

— Il les a installés à l'aide de la perceuse électrique que l'ami du roi du rock lui a donnée à son départ.

— Comme c'est généreux, dit Rafael, puis il se leva et attrapa la cafetière bordeaux pour remplir sa tasse. Il laissa échapper un rot discret, en raison de ce qu'on pourrait estimer être un léger problème de flatulence. Puis il termina le reste du café inaugural de Billie en une gorgée.

XXI

— Vas-y, parle-moi de ton père qui était un pantin.

— Une nuit, alors qu'elle travaillait comme souvent aux urgences et n'avait pas dormi depuis vingt-quatre heures, ma mère a reçu l'ordre de prendre en charge le patient de la salle d'examen douze. Mon futur père y était assis, la tête baissée, manquant visiblement autant de sommeil qu'elle, et l'un de ses bras était posé sur ses genoux. Il l'a tendu à ma mère et lui a demandé : Tu veux bien le rattacher ? Comment suis-je censée le rattacher... Ma mère a observé le bras qui, étrangement, semblait exsangue. Avec une aiguille ordinaire et du fil à coudre, a répondu Papa. Éventuellement de la laine ou du fil de pêche. Du moment qu'il pend contre mon corps, mes camarades s'occuperont du reste.

Quel reste ? Quels camarades ? a demandé Maman, mais Papa l'a priée de ne pas poser de questions compliquées, parce qu'il était épuisé de la nuit qu'il venait de vivre. L'un comme l'autre, ils n'avaient plus une once d'énergie, ce qui peut affecter la capacité de jugement. Peut-être n'auraient-ils pas fait connaissance s'ils s'étaient rencontrés bien reposés. Tu fais quoi, comme métier ? a demandé Maman lorsqu'elle a commencé à rattacher le bras à son épaule, espérant qu'il lui raconterait de folles histoires dignes d'un polar. Avec ses bagues en or aux doigts et ses boutons de chemise dorés, il ressemblait en effet à un criminel. Mais il lui confia être juriste. Comment t'es-tu arraché le bras ? Je te pose la question, monsieur, car tout à l'heure je devrai écrire un rapport sur toi.

Ils se sont disputés à mon sujet, ces camarades qui me dirigent – Maman a immédiatement pensé que lesdits camarades étaient des criminels –, une dispute assez violente. L'un d'eux voulait que j'aille dans un bar, un autre que je rentre chez moi. Ils se sont battus et m'ont tiraillé à droite et à gauche jusqu'à arracher mon bras. Celui qui voulait m'envoyer au bar contrôle le bras que tu es en train de rattacher. L'autre préférait que je rentre pour continuer d'écrire mon essai en philosophie du droit. J'ai pris conscience d'un point essentiel cette nuit, et cela va tout changer à mon œuvre, complètement renverser mon propos.

Quel est ce point essentiel ? a demandé Maman, intriguée.

Le crime n'existe pas, a répondu Papa.

Bingo ! a songé Maman. Je savais que cela avait un lien avec le crime. Comment ça ? a-t-elle demandé, curieuse de découvrir la théorie avec laquelle il comptait justifier leurs actes, à lui et à sa bande de criminels sans nom.

C'est un consensus qui régit la notion de criminalité, a dit Papa. À qui appartient la planète Terre ? À personne. Dans ce cas, pourquoi est-il possible d'en acheter un morceau de trois hectares, par exemple, de le posséder et de faire pendre celui qui vient voler une écharde sur ces trois hectares ?

Entends-tu, monsieur, que les voleurs sont innocents ? a demandé Maman.

Papa a hoché la tête, incapable de prononcer un mot de plus à cause de la fatigue, parce que quand les pantins sont fatigués, les pantins sont fatigués.

Commettre un meurtre est un crime, a rétorqué Maman.

Pour toi, chaque vie humaine est sacrée, parce que tu es médecin, a dit Papa, mais je développerai cette théorie un peu plus précisément lorsque je m'installerai à mon bureau pour écrire. Il vaudrait sans doute mieux que je m'abstienne de rattacher le bras qui veut toujours m'emmener dans un bar, mais sans lui mon équilibre est compromis, je devrais donc me déplacer en fauteuil roulant, ce qui m'empêcherait de monter dans mon appartement situé au quatrième étage, mon appartement où attend le manuscrit de mon essai en philosophie du droit. Papa s'est ensuite assoupi, et Maman a continué de le recoudre, convaincue qu'elle avait affaire à un criminel aussi candide que sournois.

Un rayon de soleil se glissa par la fenêtre de la cuisine, et Rafael pinça le nez de Billie. Elle eut un mouvement de recul, car le narrateur ne doit pas être perturbé de la sorte dans son récit, mais il ne doit pas non plus faire preuve d'une émotivité excessive.

— Merci pour le café et les histoires, dit-il. Mais il est temps de se lever et de s'atteler aux tâches de la ferme.

— Et il est temps de se racler la gorge, répondit Billie avant de se racler la gorge.

Rafael se leva et entreprit sa routine matinale : nourrir les poules, traire la vache, inspecter le jardin potager, veiller sur les plantes de la serre, les arroser, nourrir le chat, repeindre une gouttière décrépite du cabanon, nettoyer les bouses de vache de la pelouse, refixer une fenêtre – tous ces travaux domestiques qu'il faut accomplir dans une ferme. Grâce au Code du travail et à l'article sur les activités rémunérées ou non des enfants, Billie fuyait comme la peste ces tâches redondantes, et elle en avait juridiquement le droit. Elle monta dans la chambre et enfila sa tenue en jean. Celle-ci était couverte de boue, mais cela ferait l'affaire. Elle redescendit et, dans l'entrée, mit ses baskets roses ainsi qu'un bonnet jaune qu'elle trouva dans le panier à bonnets à côté de l'étagère à chaussures où la botte solitaire du soldat Pétur avait été abandonnée, et où elle rangea ses chaussons ornés de têtes de lapins. C'était là qu'ils l'attendaient presque tous les jours – les jours d'extérieur. Les jours d'intérieur, ils lui réchauffaient les pieds et les orteils. Elle trottina jusqu'à la pelouse devant la maison, les mains dans les poches. Quatre de ses doigts lissaient un caillou vert. Un projet sans fin. Lorsqu'elle serait grande, quel que soit le moment où cela arriverait, elle poursuivrait son lissage. Conserverait le même caillou dans la poche de son manteau d'adulte. Une expérience individuelle afin de déterminer avec quelle efficacité le bout des doigts pouvait éroder la pierre au fil des années. Par-delà le portail, on avait dégagé un espace pouvant accueillir cinq à six voitures, et derrière ce parking se trouvait un vieux garage en briques, au bord du sentier menant à la route nationale. La voiture orange était garée devant. Elle jeta un œil à l'intérieur, au cas où un trésor s'y cacherait. Puis elle essaya d'ouvrir le coffre, qui n'opposa aucune résistance. Il était rempli de matériel de camping : des sacs de couchage, une tente, des cannes à pêche et un réchaud à gaz. Elle se glissa ensuite sous la voiture et resta allongée, les bras le long du corps. Mmmmmm. Cela faisait un lit tout à fait convenable. Une excellente couverture. Et l'odeur, mmmmm, très agréable. Du moteur s'échappaient des gouttes d'huile qui formaient une flaque noire sur le gravier. Se tournant sur le ventre, Billie observa un véhicule bleu roi qui descendait le chemin de terre en provenance de la nationale – elle portait le numéro treize et s'achevait dans la vallée, c'est pourquoi elle méritait à peine le qualificatif de « nationale ». Le véhicule pila net devant le beau portail ouvragé.

Les Enfants de la Forêt aux rennes
vous souhaitent la bienvenue
Laissez les enfants venir à moi
Tous les enfants sont les enfants de Dieu
Tous les dieux sont les dieux des enfants

Et l'image d'un enfant assis sur un renne qui se reposait en compagnie d'un cygne parmi des joncs verts.

XXII

Billie s'approcha d'un pas nonchalant, balançant les bras d'avant en arrière, feignant l'indifférence, comme s'ils recevaient tellement de visiteurs à la ferme qu'elle ne s'en souciait plus et n'avait rien de mieux à faire que de traîner. Grâce aux films qu'elle avait vus, elle avait la sensation de maîtriser à la perfection la gestuelle d'une enfant de la campagne, un mélange entre une gamine des rues et une princesse oisive pourrie gâtée. Deux hommes élancés sortirent de la voiture. Plus grands et minces que Rafael, mais largement moins qu'Abraham – peu de gens pouvaient battre son père en taille et en poids négatif. Ils devaient mesurer à peu près autant que Marius. Ils portaient tous deux un costume à fines rayures, une chemise rose et une cravate bleu clair. Revenant du jardin de derrière, Rafael avait perdu sa démarche civilisée de militaire et, en bon fermier, portait une salopette de couleur claire, un T-shirt blanc et des bottes en caoutchouc. Un symbole religieux pendait à une chaîne autour de son cou – il avait sans doute fouillé dans la table de chevet de Marius. Il posa le bidon d'essence rouge qu'il avait à la main et tira de sa poche un mouchoir rouge avec lequel il épongea les perles de sueur sur son front. L'un des deux hommes passa un peigne dans ses cheveux. Le chat rejoignit Rafael qui, après avoir enfoncé le mouchoir dans sa poche, le prit dans ses bras. Billie feignit de passer là par le plus grand des hasards et grimpa sur le toit du cabanon, d'où elle bénéficiait d'une vue imprenable. Elle chercha des armes à feu du regard. L'un des deux hommes tira une enveloppe de la poche de sa veste et l'ouvrit.

— La guerre n'est pas encore arrivée jusqu'ici ? demanda-t-il.

Rafael secoua la tête.

— Mais vous savez que c'est la guerre ? poursuivit l'homme.

— Oui, très juste, répondit Rafael, hochant la tête

plusieurs fois.

— Tant mieux, si elle n'est pas arrivée jusqu'à vous. Dans cette ferme vivent…

L'homme consulta la lettre :

— Un, deux, trois… trois adultes. Quatre enfants et, oui, il y a aussi un berger qui est domicilié ici.

Il tendit le document à son collègue puis reprit :

— Où sont-ils, si vous nous permettez ?

— Ils sont partis faire du camping dans les montagnes. Pêcher et profiter du grand air. Nous nous trouvons dans la maison de campagne de la solitude, voyez-vous.

— Ravi que les gens ne se privent pas de voyager, en dépit de la guerre, même si cela peut évidemment leur coûter cher. Nous sommes du service des impôts. La taxe foncière n'a pas encore été réglée.

— Ce n'est pas moi qui supervise les finances de la ferme.

— Combien de véhicules sont enregistrés à cette adresse ?

L'homme qui tenait la lettre fit un geste en direction de la voiture orange.

— Deux, répondit Rafael.

— La lettre n'en mentionne qu'un. Il va falloir inscrire le second. Lequel des deux a été déclaré aux autorités ?

Il regarda en direction de la voiture orange, baissa les yeux sur la lettre, puis reporta son attention sur Rafael :

— Vous ne voulez pas profiter de l'occasion pour déclarer celui qui ne l'est pas ? C'est sans doute le véhicule que les autres ont utilisé pour leur excursion.

Pendant que les deux hommes attendaient la réponse du fermier, l'un d'eux jeta un œil au toit du cabanon, s'attirant immédiatement les foudres de Billie. Elle n'approuvait guère les regards insistants des inconnus, en tout cas pas dans le cas présent.

— Je peux vous inviter à entrer et vous offrir quelque chose à boire ? proposa Rafael lorsqu'il ouvrit enfin la bouche après une interminable attente.

Les deux hommes échangèrent un regard et hochèrent la tête.

— Volontiers, merci. On ne refuse jamais d'entrer dans une ferme. Nous avons passé cinq heures d'affilée assis sur des sièges en cuir noir. Pas un magasin sur la route, aucun restaurant, ni même un café…

Rafael reposa le chat qui, pressentant ce qui allait venir, se volatilisa en quatrième vitesse. Les visiteurs s'approchèrent de la porte. L'un d'eux pointa du doigt les bottes de militaire posées sur le perron.

— Voilà qui n'est pas sans rappeler la guerre, dit-il à son collègue.

— La guerre atteint même les endroits les plus isolés, répondit l'autre en donnant un coup de pied dans le sac noir, ce qui fit tinter les cannettes de bière vides. Vous trouverez peut-être étrange, jeune homme au joli minois, que le service des impôts se donne la peine de venir dans une ferme perdue au milieu de nulle part en pleine guerre, mais bien que le monde retienne son souffle, la vie doit suivre son cours. C'est le seul moyen de sortir de ce conflit en un seul morceau.

Ils essuyèrent leurs semelles sur le paillasson et la porte se referma derrière eux avec une détermination manifeste. À grands pas, les poules regagnèrent leurs pénates et la porte du poulailler claqua derrière la dernière. À reculons, Billie descendit du toit et s'apprêtait à sauter dans l'herbe lorsque la ceinture de son pantalon se prit dans un des crochets de la gouttière. Elle resta un instant suspendue, rechignant à se libérer immédiatement. Elle voulait graver ce souvenir dans sa mémoire, au cas où on lui demanderait plus tard : Billie, as-tu déjà été suspendue à une gouttière ? C'était comment ?

XXIII

Quatre ans avant de se retrouver dans la salle d'examen numéro douze, à bout de forces, accablé de fatigue et exsangue (les pantins souffrent toujours d'une terrible anémie), Abraham avait ouvert un cahier vierge un beau matin de printemps et écrit sur la page de garde :

Ma vie amoureuse
par Abraham Másson

Nota bene : A. M. ne possède pas l'exclusivité des phénomènes concrets ou abstraits sur cette Terre et décline toute revendication à la propriété, mais il s'agissait du titre le plus simple et limpide que l'auteur pouvait choisir pour ce livret.

Il avait tourné la page et commencé à écrire :

Je n'ambitionnais pas d'avoir une vie amoureuse sur cette Terre mais, par le plus grand des hasards, il se trouve que des individus ont développé envers ma personne un intérêt d'ordre sentimental.

À midi, il avait noirci environ huit pages qui, pour l'essentiel, parlaient de sa famille adoptive : sa mère, ses frères et sœurs. Il avait alors poursuivi son rapport :

Une partie de moi a aimé d'un amour tendre une jeune fille qui travaillait dans un troquet de mauvaise réputation. J'étais attiré par le silence qui l'enveloppait, par cette sorte de mutisme, de paralysie émotionnelle et, peut-être par-dessus tout, par cette inconscience qui me caractérisait également. Elle se montrait amicale envers moi, et moi envers elle. Notre relation intime a duré quatre merveilleuses semaines. Une partie de moi a aimé d'un amour compassionnel une femme pour laquelle, dans mon arrogance, ma misanthropie et ma froideur, j'éprouvais de l'empathie. Plus cette empathie était forte, plus je devenais dépendant de sa présence, et il m'a fallu des années pour me défaire de cette addiction. Une partie de moi a aimé d'un amour amical une bonne amie, avec qui je passais de délicieux moments. Je recommande les relations intimes avec des amis, si vous voulez vivre des jours paisibles. Une partie de moi a aimé par le prisme de l'alcool d'impayables camarades de boisson. Je suis reconnaissant d'avoir pu à de multiples occasions faire l'expérience de l'intimité physique avec les autres, et il est temps pour moi d'y mettre un point final.

Abraham avait ensuite découpé les pages vides et refermé le cahier. Quatre ans plus tard, Soffia ouvrait la porte arborant le numéro douze. Incapable de détacher son regard du visage maigre d'Abraham, elle s'était cognée à un vieux pied à perfusion qu'elle avait fait tomber par terre. Elle s'était empressée de le redresser, avait relevé la tête et regardé l'homme. Ces yeux-là, il ne les a jamais oubliés.

Le crime n'existe pas. Je peux en dire autant de l'amour. Si je ne t'oublie pas, c'est grâce à ma mémoire unique, dit Abraham quelques années plus tard.

On aime par habitude, par soif de domination, par désir sexuel, timidité, jalousie et opportunisme, répondit Soffia.

Ils débattaient ainsi lors d'une de leurs fêtes d'anniversaire données en l'honneur de la vanité.

Abraham avait à peine remarqué Soffia la première fois qu'elle avait rattaché son bras, en partie parce que c'était un type un peu ingrat, trop choyé par les femmes, au point de ne plus considérer cela comme un événement notable dans l'histoire du monde. Tandis qu'elle le recousait, ses doigts l'effleuraient amicalement, et quelques jours plus tard, le corps d'Abraham lui avait rappelé la présence de ces doigts contre son épaule et son bras fraîchement réunis, et sa peau avait éprouvé un soudain sentiment de nostalgie. La fois d'après, lorsqu'il s'était rendu aux urgences pour avoir de nouveau perdu son bras, il avait exigé d'être soigné par Soffia. Au cours de l'auscultation, elle s'était cogné la tête contre l'étagère au-dessus du bureau où les médecins s'installaient pour remplir leurs ordonnances et elle avait saigné. Abraham avait essuyé la blessure avec un mouchoir tiré de la poche de sa veste. Quelques jours plus tard, le corps de Soffia lui avait rappelé le contact du mouchoir contre sa peau. Avec ce petit pépiement qu'on appelle la nostalgie. Ainsi les mémoires de leurs deux corps avaient-elles commencé à réclamer d'autres souvenirs pour se mettre quelque chose sous la dent. Plus on a, plus on veut avoir, comme on dit.

Tantôt Abraham composait de quoi alimenter son essai en philosophie du droit, tantôt il sortait dans des bars, mais le marionnettiste obstiné qui le poussait à sortir avait plus souvent le dernier mot que celui qui voulait rester écrire à la maison. Le troisième se retrouvait toujours un peu entre les deux, préférant passer des jours entiers au lit avec Soffia. Un jour, lorsque le bras d'Abraham fut arraché lors d'une énième dispute entre les marionnettistes sur ce qu'il convenait de faire – rentrer à la maison ou aller au pub –, Soffia refusa de le recoudre, elle s'empara du bras et le cacha. Pour un médecin, emprunter un fauteuil roulant n'était pas un problème, et cela marqua le début d'une période productive au cours de laquelle Abraham passait son temps assis à la maison à écrire pendant que Soffia, entre deux gardes, lisait des livres de médecine et poussait le fauteuil roulant. Elle y prenait plaisir. Et lui aimait se laisser conduire, car il aimait se sentir dépendant d'elle, contrairement à l'époque où il ne voulait plus dépendre de qui que ce soit. Dans ce cocon serein de médecine, d'écriture et de lecture, Billie vint au monde. Personne ne s'y attendait. Abraham ne pensait pas que l'objectif de sa vie sur Terre serait de donner naissance à un enfant, il avait la sensation d'avoir commis une trahison, d'être sorti du cadre prévu pour lui. Il envisagea d'abandonner mère et fille avant que la situation, trop complexe, ne lui échappe. De laisser derrière lui ce petit souvenir qui, par un amusant hasard, finirait par grandir, et de tenir ses engagements en écrivant son essai ailleurs, dans la paix et le calme.

Mon amour, recouds mon bras, s'il te plaît, demanda-t-il.

Non, Abraham. Ce n'est pas le moment de boire de la bière.

Pourquoi ?

Ton enfant veut t'avoir à ses côtés, et moi aussi, la maman, la maman veut avoir le papa à ses côtés. La maman n'est pas le genre de mère qui supporterait de se retrouver seule avec un enfant.

Mais peut-être que l'enfant ne veut pas d'un papa en fauteuil roulant ?

Si, si, c'est ce qu'elle veut. Elle préfère ça à un papa absent. Par ailleurs, elle ne sait pas ce que ça fait, d'avoir un papa qui n'est *pas* en fauteuil roulant.

Je veux que mon enfant ait un père avec deux bras, un père capable de marcher.

Pas tout de suite. J'ai besoin de toi tant que j'allaite.

Je dois évacuer cette tension de mon corps, Soffia.

Et moi, tu ne crois pas que j'éprouve une tension dans mon corps, Abraham ? Mais Soffia ne lui dit pas : Je ne veux pas que ces filles te tournent autour dans les bars. Les filles aiment tellement jouer avec des pantins. Au lieu de cela, elle lui dit : Tout être humain a sa boisson en or, la boisson qui un jour a fait de lui l'imbécile le plus heureux du monde. Le plus libre et le plus admirable. En ce qui me concerne, Abi, j'ai la chance que ce soit du jus d'orange. Un jour, j'ai goûté au jus d'orange et j'ai senti un bonheur intense envahir mon corps. Depuis, lorsque j'en rebois, j'essaie de retrouver ce bonheur ; parfois j'y parviens, et waouh, comme c'est agréable ! Toi, tu n'as pas de chance, car ta boisson en or est la bière. Il aurait mieux valu que ce soit une boisson sans alcool.

En quoi est-ce de la malchance, Soffia ?

Je ne sais pas, et je ne sais pas pourquoi je ne passe pas mon temps à boire du jus d'orange, ma boisson en or, comme tu le fais avec la bière.

C'est vrai, Soffia, aucune boisson ne me rend aussi libre et heureux que la bière. Mais je suis également libre et heureux quand je respire l'air extérieur au petit matin. Je ne me lasserai jamais de respirer l'air.

Ainsi s'acheva le débat. Mais le marionnettiste désœuvré, le pilier de bar enfiévré, se mit à exiger d'Abraham des méthodes plus fructueuses pour retrouver le bras caché :

Dois-je rester assis là à regarder mes camarades se battre pour te contrôler – l'un hypnotisé par cette bonne femme, l'autre obnubilé par son livre de lois, pendant que je me mords les doigts ? Je m'ennuie, Abraham. À l'aide, à l'aide, à l'aide, insistait le marionnettiste.

Que veux-tu que je fasse ? demanda Abraham, cordial.

Tue cette femme, elle te tire vers le bas, mon garçon.

Je ne suis pas un garçon, je suis un homme.

Pourquoi un homme comme toi, un coureur de jupons heureux de vivre, s'enterrerait-il avec femme et enfant ?

Je ne suis pas un coureur de jupons.

Je te laisse encore vingt-huit jours. Si le bras n'est pas de retour à son épaule, tu es un homme mort.

Tue-moi, dans ce cas, répondit Abraham. En tant que démocrate, je vais pour le moment laisser les autres marionnettistes décider de mes actions. Tu as bien trop longtemps eu le dernier mot.

Arrête ton char ! Ce n'est pas juste que le bras que je contrôle soit mis au placard. Ça n'a rien de démocratique. Vingt-huit jours. Monsieur Abraham Másson.

Cette conversation eut lieu un soir noir d'encre pendant que Billie dormait dans son berceau, l'esprit nourri de rêves abstraits, et que Soffia effectuait une garde de nuit afin de mettre de l'argent de côté pour investir dans un couffin qui leur permettrait de voyager avec leur progéniture. Dans un premier temps, il leur faudrait rendre visite à la grand-mère et au grand-père, mais d'autres lieux figuraient déjà dans leurs plans. Aller voir un temple de l'amour en Inde. N'était-ce pas le meilleur endroit pour débattre de ce phénomène : l'amour existe-t-il, n'existe-t-il pas ? Louer une barque à San Francisco, avec leur petite fille confortablement installée dans son couffin, et ramer jusqu'à l'île pénitentiaire d'Alcatraz. S'asseoir, débattre et discuter de l'innocence des prisonniers disparus. Pourquoi vivons-nous ? Sommes-nous des rats de laboratoire, sommes-nous maîtres de notre destin ? Devons-nous prendre tout cela au sérieux ? Devons-nous prendre tout cela à la rigolade ? L'être humain est-il bon ? Les crimes sont-ils des réactions en chaîne à d'autres crimes ? Et ainsi de suite. Abraham et Soffia pouvaient entamer une conversation sous les derniers rayons du soleil et lorsque notre vieil astre émettait ses premières lueurs à l'aube, l'un ou l'autre se levait pour aller préparer du café, et ainsi redonner du tempo à des discussions enflammées – non non non, pas redonner du tempo, mais simplement graisser les cordes vocales, car le corps répondait toujours à l'appel, l'appel du débat. Pourquoi pas, dans ce cas, choisir pour ces débats différents décors aux quatre coins du globe ? Ils avaient besoin d'un couffin, même s'ils ne s'étaient pas encore interrogés sur la manière dont le fauteuil roulant et le bras manquant allaient impacter ces voyages à venir. Le premier des vingt-huit jours, Abraham se montra plus enthousiaste que jamais, il resta du matin au soir penché sur son essai philosophique et noircit de nouvelles pages toujours plus nombreuses qui se joignirent aux précédentes – les vieilles pages, les moyennement vieilles et les mi-nouvelles. Il s'occupa de la petite Billie. Lui donna son biberon à la bonne heure. La lava à la bonne heure. Il fit ainsi tout à la bonne heure les jours suivants, au point que Soffia commença à avoir des doutes : Est-ce que j'aime cet homme ponctuel ? se demanda-t-elle avant de se souvenir que l'amour n'est qu'habitude, soif de domination, désir sexuel, jalousie, timidité et opportunisme. Le dernier mot de cette liste la rendait malade. C'était une notion qu'elle avait en horreur, elle aurait tout sacrifié – y compris l'un de ses bras – pour qu'on ne puisse pas la qualifier d'opportuniste. Treize jours avant la fin de l'ultimatum lancé par le marionnettiste, Soffia, qui n'en avait jamais entendu parler et n'avait guère l'habitude de déranger Abraham lorsqu'il écrivait, lui tapota l'épaule. Il leva les yeux de sa feuille, les doigts serrés sur son stylo plume, de crainte qu'on le lui vole – une crainte peut-être pas entièrement injustifiée. Soffia lui tendit son bras : Mon amour, j'ai décidé de le recoudre.

Puis elle s'assit et rattacha le bras à son épaule, plus fermement qu'auparavant, car jusqu'ici elle s'était montrée volontairement négligente dans l'exercice, juste pour qu'Abraham ne puisse pas se passer d'elle. Cette fois, elle alla plus loin. Armée d'un fil souple et incassable, elle réalisa les plus beaux points de suture qu'un médecin puisse produire. J'ai terminé, dit-elle avant de couper le fil avec ses dents et de faire quelques jolis nœuds à son extrémité. Abraham se leva. Soffia poussa le fauteuil roulant et dit : Mieux vaut qu'on se débarrasse de cet objet immédiatement.

XXIV

Maintenant, elle savait ce que cela faisait d'être suspendue à une gouttière avec la ceinture de son pantalon prise dans un des crochets. Elle ne se retrouverait pas en difficulté si on lui posait la question. La réponse de Billie : L'été où j'avais onze ans, c'est-à-dire dans ma douzième année, un passant de ma ceinture s'est pris dans un crochet de la gouttière du cabanon de la ferme où je logeais, et en cette belle journée ensoleillée je suis restée suspendue en l'air… Elle sauta et atterrit pile sur un morceau de bois d'où s'échappait un clou rouillé qui, traversant la semelle de sa basket rose, s'enfonça dans son talon. Dorénavant, seule l'autre chaussure aurait le droit de marcher dans une flaque d'eau. Billie s'assit dans l'herbe, dénoua ses lacets, souleva prudemment le pied pour retirer le clou et sa chaussure, puis elle ôta sa chaussette. Malgré une piqûre profonde, elle ne saignait presque pas, sauf si elle appuyait sur la blessure. Soffia lui avait un jour appris qu'il fallait appliquer une pièce en cuivre sur une lésion due à un clou rouillé, sinon le sang pouvait s'infecter. Rongée d'inquiétude à cette perspective, Billie entendit à peine les deux coups de feu qui retentirent dans la maison. La vache émit un meuglement expert et Rafael apparut, tirant par les pieds l'homme qui s'était peigné les cheveux. Il l'abandonna sur la pelouse avant de se précipiter de nouveau à l'intérieur et revint sans tarder avec l'autre homme qui tenait la lettre dans ses mains. Peut-être voulait-il l'utiliser comme bouclier ou armure. Peut-être que cela fonctionnera, le jour où les mots posséderont un tel pouvoir. Un pied sans chaussette, elle leva les yeux. Si Rafael la voyait, il évitait en tout cas son regard et se tenait désormais devant les deux corps sans vie, sa salopette toute tachée. Il cracha dans l'herbe et asséna au bitume de l'allée un coup de pied bien trop violent, dans la mesure où ce n'était que du bitume. « Putain de bordel de merde. J'ai pas envie d'enterrer ces types. Bordel de bordel de bordel. » Sa voix rageuse faisait penser à quelqu'un qui était sur le point de pleurer. Il attrapa le bidon rouge, aspergea les deux corps d'essence et, une fois que les costumes des deux hommes eurent absorbé le liquide, il leur jeta une allumette. Une grande flamme jaillit, emportant les corps dans un nuage de fumée qui s'étira comme un brin d'herbe vers le ciel. La pelouse se couvrit de suie. Coinçant une cigarette entre ses lèvres, Rafael alla chercher du gravier avec la brouette et l'étala sur la tache noire à l'aide d'un râteau. « Arrête de me fixer, gamine », dit-il, les dents du râteau raclant les cailloux dans un bruit de ferraille. La vache meugla. Les poules, quant à elles, restaient cachées et gardaient le silence.

— Je ne suis pas une gamine.

— Tu es quoi, dans ce cas ?

— Je suis une jeune fille.

Rafael éclata d'un rire rauque.

— Je me suis fait mal, je me suis fait mal, je suis gravement blessée, j'ai besoin d'une pièce en cuivre mais le coffre-fort est verrouillé.

Rafael lança en l'air une pièce rouge-brun qui scintilla avant d'atterrir dans la paume ouverte de Billie. Waouh, une belle pièce en cuivre, sortie tout droit de la poche d'un meurtrier. Elle s'empressa de l'appuyer contre sa blessure.

— J'ai besoin d'un pansement, dit-elle.

Ce n'était pas désagréable, et même plutôt exaltant de se montrer exigeante. Peut-être qu'on avait tendance à le devenir en présence d'un assassin. Rafael posa le râteau contre la façade de la maison, à côté de ses bottes militaires, des bottes militaires et un râteau côte à côte, des bottes militaires et un râteau, des bottes militaires et un râteau côte à côte, des bottes militaires et un râteau contre une façade peinte en blanc, il pénétra dans la maison et revint avec un pansement adhésif, un pansement adhésif, un pansement adhésif, puis il s'assit auprès de Billie. Hmm, comme elle est bonne l'odeur du pansement en tissu. Marius préférait les pansements en tissu plutôt que ceux en plastique. Marius savait littéralement tout, everything, todo, alles, allt des produits pharmaceutiques. L'odeur plastique des pansements en plastique était plaisante elle aussi, nulle raison de l'ostraciser, mais celle-ci hmmmm, on ne va pas se mentir, elle était particulièrement extravagante. Rafael colla deux pansements en croix sur la pièce en cuivre elle-même posée sur la blessure, et Billie remit sa chaussette puis sa basket qu'elle laça fermement comme seuls les adultes savent le faire. P. ex. sa mère. P. ex. Marius. P. ex. son père. Fin de l'énumération. Billie enroula ses bras autour de la nuque de Rafael pour lui signifier qu'il devait la porter à l'intérieur, puisqu'elle était blessée. Il la souleva et traversa la pelouse, mais il s'arrêta à la porte.

— Tu ne rentres pas avant que j'aie fait le ménage, dit-il. Ce genre de choses, ce n'est pas pour les enfants.

Il fit demi-tour et rejoignit le poulailler en tenant toujours Billie, qu'il déposa dans un coin à côté du radiateur, allumé uniquement l'hiver. Il lui adressa un signe de la main puis s'en alla. C'était quelque chose, quand même. De la déposer dans le poulailler pendant qu'il partait passer la serpillière après avoir commis deux meurtres dans un pays en guerre. D'ailleurs, les poules affichaient une mine passablement choquée. Ces fanfaronnes.

Qu'est-ce qu'elle fait chez nous, cette bonne femme. C'est notre maison. Ne t'avise pas de tout saloper, mistinguette.

Le soldat m'a laissée là, ce n'était pas ma décision.

Je dois rester allongée parmi vous le temps qu'il nettoie les taches de sang.

Les poules se contentèrent de cette réponse et l'abandonnèrent à son sort, reportant leur attention sur les œufs qu'elles gardaient au chaud, les paupières à demi closes. Billie ferma les yeux, elle aussi. Elle aurait tant aimé aller en Chine avec son père. Rien que tous les deux. Parcourir la muraille. Ce n'était pas si dangereux, malgré la démarche titubante d'Abraham, car s'il se tordait la cheville et chutait, il demeurerait suspendu à ses fils, et les marionnettistes pourraient aisément le redéposer sur la muraille.

Salut Papa, n'est-ce pas amusant de se balader sur la muraille de Chine ?

Si, mon joli beignet, la vue est splendide, et hume donc l'air, Billie. Ce parfum, il n'existe qu'en Chine.

Elle respire le doux parfum frais de la Chine, hmmm, quelle agréable odeur, Papa. Et si on descendait pour aller prendre le thé avec des moines antiques ?

Excellente idée, Billie, excellente idée. Tu es une formidable compagne de voyage.

Je suis meilleure compagne de voyage que demoiselle, demi-elle, demi-portion, parce que je ne fais pas dans la demi-mesure, je m'ennuie à mourir si je ne pars pas à l'aventure.

Oui, ma chérie, dis-moi tout ce que tu veux devenir lorsque tu seras grande, et tes vœux se réaliseront. Pense à moi, car je penserai toujours à toi, quelle que soit l'heure, quel que soit l'endroit. N'hésite pas à m'appeler, mais sache que je n'ai pas de téléphone.

Billie jeta un regard en coin aux poules, qui jetèrent à leur tour un œil dans sa direction. La porte s'entrouvrit, laissant apparaître la tête de Rafael :

— La princesse daigne-t-elle se réveiller ?

Elle feignit d'avoir dormi et plissa les yeux – elle avait vu ça dans un film, les acteurs ne dormaient pas pour de vrai devant les caméras. Elle fit semblant de s'étirer et Rafael lui tendit la main. Elle se frotta les yeux avant de la lui prendre. Rafael se massa le crâne, encore en proie à une migraine. Puis il mena Billie vers la maison des humains.

XXV

La boîte d'aquarelle blanche au couvercle transparent contenait seize couleurs disposées en cercle dans des compartiments individuels. L'une d'elles était si belle que Billie n'osait jamais l'utiliser. Une autre était si belle qu'au contraire, son compartiment arborait un creux profond. Le jaune pour le soleil. Le vert pour l'herbe. Le bleu et le blanc pour la mer et le ciel. Le marron pour la terre et les branches d'arbres. Billie trempa son pinceau dans un verre d'eau, le frotta légèrement contre la peinture et peignit une boîte rouge sur une grande feuille blanche. Elle la coloria avec soin, car un monstre vivait à l'intérieur, même s'il ne se voyait pas sur le dessin. Rafael buvait une bière à grandes gorgées – une bière de soldat livrée dans la boîte noire.

— Je ne voulais pas tuer ces hommes, dit-il, fixant le pinceau qui étalait la couleur rouge sur la feuille dans un mouvement délicat. C'est la guerre, et je suis obligé d'y participer. Si je ne l'avais pas fait, c'est eux qui m'auraient tué. Que serait-il alors advenu de ma Billie ?

— Je suis peut-être Billie, mais je ne suis pas à toi.

— Je les ai fait rentrer dans la maison afin que les animaux et toi n'assistiez pas à ce bain de sang. Voilà pourquoi j'ai fermé la porte. La maison de campagne de la solitude, ça, c'est indéniable. C'était soit moi, soit eux. Pas plus compliqué que ça. Pas plus compliqué que ça.

— La mitraillette se trouvait dans la maison, pas vrai ? demanda Billie. Dans ce cas, c'était très astucieux de ta part. Ils sont tombés dans le piège.

— Oui, très astucieux de ma part mais je m'en serais bien passé, et je n'accepterai pas leur voiture comme butin de guerre. Je ne veux rien recevoir de ces hommes. Ce n'étaient pas des hommes bien, Billie. Ils étaient malintentionnés et dangereux.

— Les ennemis ne le sont-ils pas toujours ? On ne récolte jamais un butin de guerre chez des gens bien.

— N'étaient-ce pas des gens bien qui habitaient ici, à la Forêt aux rennes, Billie ? J'en ai l'impression.

Elle peignit un petit singe à côté de la boîte rouge.

— Moi, je suis quelqu'un de moyennement bien, répondit-elle. Ma maman, elle, c'est quelqu'un de bien, c'est la meilleure, et aussi mon papa et Marius.

— Elle est jolie, ta maman ?

— Tu n'as pas le droit de me poser cette question.

Rafael lui réclama un autre pinceau et une feuille blanche, puis il s'installa un peu mieux devant la table de la cuisine.

— C'est ma mère qui m'a conseillé de rejoindre l'armée. Je passais mes journées à la maison à dormir. Elle m'a dit : Rafael, tu veux rester une épave toute ta vie ? Toi, un garçon si gentil et plein de bon sens. Elle disait ça, que j'étais quelqu'un de bien, plein de bon sens. C'était de la propagande. Pour me remettre sur le droit chemin.

Il peignit un agneau avec des lèvres rouges.

— Maman culpabilisait de ne pas pouvoir être une source d'inspiration positive pour son fils. J'ai échoué en tant que mère, Rafael, la vie va te passer sous les yeux si tu restes à mes côtés à dormir sans cesse. Tout ce que je provoque chez toi, c'est la dépression. Il te faut une autre mère. Tu as besoin de l'armée en guise de mère. Maman avait raison. J'ai rejoint l'armée, appris à me lever le matin, à prendre soin de moi, à être responsable de mon corps, à l'entretenir et à discerner le bien du mal.

— Ne sois pas un soldat triste, répondit Billie.

Elle aurait voulu être adulte et essuyer les larmes au coin de ses yeux, mais elle ne l'était pas, et il n'avait pas de larmes au coin des yeux, alors elle dessina une princesse au-dessus de la boîte rouge. À côté de l'agneau, Rafael peignit un homme musclé en maillot de bain.

— Tu saurais conduire une voiture, Billie ?

— Est-ce qu'une enfant de onze ans est capable de conduire ?

— Les enfants de la campagne savent faire des tas de choses dont les enfants de la ville sont incapables.

— Je ne suis pas une enfant de la campagne.

— Toutes mes excuses, jeune fille.

Voilà. Il fallait lui parler comme ça. Merci bien.

— Ça te dérangerait que je t'enseigne la conduite, afin que tu prennes le volant de la voiture orange, et moi de la bleue ? Je veux me débarrasser de ce butin de guerre sur-le-champ. Ces hommes m'ont blessé. Je ne trouverai pas la paix avant que ce soit fait.

— Si je t'accompagne pour aller détruire une voiture, ça ne fait pas de moi une complice ? Je ne veux pas être complice.

— C'est la guerre. Tu dois obéir à mes ordres.

— Oui, chef skipper ! répondit-elle fièrement.

Abraham disait parfois la même chose à Soffia : Oui, chef skipper. Il sous-entendait qu'elle était autoritaire, et en effet elle l'était, car elle n'avait pas le choix, vivant avec un homme dirigé par trois créatures inconnues sur une autre planète. Si elle ne s'était pas montrée autoritaire, lesdites créatures se seraient mises à la diriger elle aussi, et elle n'aurait pas pu soigner d'autres patients que lui. Il n'y a rien de plus facile au monde que de soigner un pantin. Il suffit de recoller ou recoudre les morceaux – rien qui fasse peur à un médecin pétri d'idéaux. Ça, Billie le savait. Le caractère autoritaire de Soffia relevait d'un mécanisme de défense. Elle avait un jour entendu sa mère le dire au téléphone :

Mon caractère autoritaire est mon mécanisme de défense personnel.

Un jour, Billie trouverait elle aussi son mécanisme de défense personnel. Ne pas l'oublier. Ne pas oublier de découvrir quel était son mécanisme de défense personnel. Elle tapa du pied.

— Pourquoi tu tapes du pied, Billie ?

— Pour me rappeler quelque chose que je ne veux pas oublier.

— Tu écris un pense-bête dans ta tête ?

— En quelque sorte, répondit-elle avant d'éternuer.

Le chat était là quelque part – maudit soit-il. Il empoisonnait son existence, mais cela ne signifiait pas qu'elle comptait le tuer. Elle tapa à nouveau du pied. Les désagréments que d'autres créatures – animales ou humaines – nous infligent ne doivent en aucun cas être récompensés à l'identique, ou par des désagréments différents, ils doivent être ignorés jusqu'à ce qu'ils disparaissent. Elle tapa du pied.

— Billie, tu es fâchée contre moi ou tu écris toujours ton pense-bête ?

— Je réfléchis, répondit-elle au soldat.

— Tu veux bien t'intéresser à ce que je dis ? La guerre ne va pas attendre que tu finisses de réfléchir.

— Quoi, mec ? Qu'est-ce que tu veux ? s'écria-t-elle, s'écria son mécanisme de défense personnel.

— Du calme, répondit Rafael.

Il lui demanda ensuite si elle préférait peut-être qu'il pointe son arme sur elle pendant qu'il lui ordonnait de rejoindre la voiture orange et lui enseignait la conduite, afin qu'elle ne soit pas jugée complice au cas où l'envahisseur viendrait à perdre la guerre, ce qui semblait toutefois peu probable à ce stade.

— Je promets de ne pas te tirer dessus, poursuivit-il. Bien qu'on soit en guerre et que, privilège de soldat, mon commandement m'autorise expressément à trahir une promesse, je ne l'ai jamais fait et ne le ferai jamais, qu'il s'agisse d'une promesse à moi-même ou à quelqu'un d'autre.

— Ta promesse est une consolation face au chagrin, dit Billie avant de fermer la boîte à aquarelle.

Le fantassin sortit de la cuisine pour aller chercher son arme.

XXVI

— Dis-moi, soldat… Qu'est-ce qui se passe si, pendant que je conduis la voiture orange et toi la bleue, je décide d'accélérer et de disparaître dans la nature ?

— Il y aura une bombe dans la voiture.

— Waouh, ce que j'ai hâte d'apprendre à conduire ! s'exclama Billie, marchant devant Rafael avec le canon de la mitraillette dans le dos, jusqu'à ce qu'ils atteignent la portière côté conducteur de la voiture orange.

Il l'ouvrit, et elle s'installa au volant. Lui s'assit côté passager, son arme entre les cuisses, puis il enfonça la clé dans le contact et ajusta le siège de Billie afin que ses pieds atteignent les pédales. Lui montrant la pédale d'accélération, il tapota son genou droit ; lui montrant la pédale d'embrayage, il tapota son genou gauche ; lui montrant la pédale de frein, il tapota son genou droit. Puis il lui apprit à se servir du boîtier de vitesses. À démarrer, changer de vitesse, de 1 à 4, R pour la marche arrière. Il lui demanda alors d'enclencher la marche arrière pour sortir. Elle s'exécuta, et s'engagea en patinant sur le chemin de terre qui menait à la nationale. Au carrefour, on tournait à gauche pour remonter la vallée en direction de la Lande infinie, d'où l'on pouvait traverser le Col sans fin et rejoindre la Vallée éternelle, mais Billie reçut l'ordre de tourner à droite, et la Forêt aux rennes apparut douce et sereine, nichée entre le soleil de l'après-midi à droite et les montagnes tapissées de pins à gauche. Deux daims broutant leur en-cas de mi-journée se réfugièrent dans une prairie. Une queue rouge de renard se faufila devant le pieu d'une clôture. Des petits oiseaux forestiers faisaient la course avec les écureuils et les martres se réveillaient de leur sommeil diurne. Sur le bord de la route, les fleurs jaunes venaient de refermer leur corolle pour la nuit, déjà excessivement fatiguées – plus les décennies passaient, plus elles se couchaient tôt. En tout cas, nul besoin de retenir son souffle : côté conduite, Billie savait ce qu'elle faisait. Le soldat s'étira sur son siège, la main sur la crosse de la mitraillette.

— Pendant des années, j'ai rêvé de me faire conduire par une fille, dit-il.

— Voilà ton rêve réalisé.

Elle s'abstint de prononcer une phrase trop longue, par crainte de perturber sa concentration – elle n'avait aucune envie de devoir sortir ce tas de ferraille d'un fossé ou de le retourner s'il faisait un tonneau.

— Toutes les filles que j'ai fréquentées étaient mortellement ennuyeuses. Je leur demandais de conduire ma voiture, mais elles refusaient. Moi qui voulais m'étendre sur le siège passager et fermer les yeux pour me laisser aller à un rêve désespéré. Ah, si, il y en a une qui m'a conduit, une drôle de nana. Personne ne voulait d'elle, elle était trop étrange. Même moi, j'avais du mal. Pourtant, j'ai essayé, je lui ai donné sa chance. Avec le recul, je peux me féliciter d'être le seul à l'avoir fait. C'est un fleuron de plus à ma couronne. Je m'oppose férocement aux brimades. Toi, tu n'es pas étrange, Billie.

— L'un de mes camarades de classe disait que je l'étais. Peut-être que c'est vrai.

— Ce camarade m'avait tout l'air d'être lui-même étrange.

— Il l'était, un peu.

— Tu es la fille la moins étrange que je connaisse, Billie. J'aurais aimé qu'une de ces filles que j'ai fréquentées soit comme toi.

— Tu l'aurais épousée ? demanda Billie, curieuse.

— Je ne sais pas si je me sens apte au mariage. Je

ne serais peut-être pas un mari fiable. Les femmes me font peur. J'aurais aimé rencontrer une fille comme toi. Ou comme la Maria de Marius. Ou comme ta mère lorsque ton père s'est rendu aux urgences. Quelque chose comme du miel, avec un arrière-goût. Les filles que je rencontrais étaient toutes pareilles.

— Tu n'en as léché que la surface, répondit Billie.

Elle avait entendu cette phrase soit dans un film, soit des lèvres de sa mère pendant qu'elle discutait au téléphone. Rafael pointa du doigt un embranchement et dit :

— C'est vrai. Je n'en ai léché que la surface.

Billie tourna dans un étroit chemin qui aboutissait sur une vieille bergerie, devant laquelle elle fit demi-tour pour reprendre la même route en sens inverse jusqu'à la ferme. Elle patina et pila net devant la clôture peinte en blanc. Les Enfants de la Forêt aux rennes nous souhaitent la bienvenue. Rafael n'avait rien à craindre, Billie ne l'entraînerait pas dans une collision suicidaire. Il lui ordonna de sortir de la voiture et de l'attendre sans bouger à côté du garage pendant qu'il allait fouiller à l'intérieur. Il en ressortit avec un sac à dos de l'armée.

— Voilà la bombe, dit-il. Tu veux sentir comme elle est lourde ? Tu n'arriverais même pas à la soulever. Non, tu n'as pas le droit d'essayer.

Il extirpa la bombe du sac et la déposa sur la banquette arrière de la voiture orange. Elle ressemblait à une batterie d'automobile.

— Elle va exploser dans soixante minutes.

Il lui montra un petit appareil, également tiré du sac à dos :

— Ça, c'est une télécommande. Si quelque chose dans ta conduite attire mon attention, j'appuie sur le bouton et la voiture explose. Monte, et démarre quand je klaxonnerai. On va redescendre la vallée jusqu'au lac.

— Pourquoi tu ne me confies pas la voiture bleue, puisque tu comptes la détruire ? Si j'ai un accident et que la voiture orange explose, tu seras obligé de garder la bleue pour toujours.

Rafael se massa le front.

— Satané mal de crâne. Il m'empêche de réfléchir. Moi qui ai toujours voulu être fermier. J'adore les animaux. Pourquoi dois-je subir ce mal de crâne alors que tout commence à fonctionner pour moi ? Est-ce parce que je manque de sucre ? De jus d'orange ? Demain, je boirai du jus d'orange. Il y a au moins trois orangers dans le jardin. Des légumes, il faut que je mange plus de légumes. Peut-être que ce sont mes yeux, pourtant je vois bien. Peut-être devrais-je me percer les oreilles. Un soldat a-t-il le droit de porter des boucles d'oreilles sur le champ de bataille ? J'ai envie d'avoir une barbe. Cet hiver, je me laisserai pousser la barbe. J'arrêterai alors d'être soldat. Et de fumer. Je ne veux pas attraper un cancer des poumons. Est-ce qu'il fait froid ici, l'hiver ?

Il racontait n'importe quoi, mais qui ne le fait pas sous pression ? Il visa Billie avec sa mitraillette :

— Non. Une enfant n'a pas le droit de conduire

un butin de guerre. Grimpe dans la voiture orange.

Billie s'exécuta. Lorsque la voiture bleue klaxonna, elle appuya d'un coup sur la pédale d'accélération, faisant vaciller la bombe sur la banquette arrière.

— Du calme, petite bombe. Tu ne dois pas exploser pendant que je suis à l'intérieur, sinon ma mère sera triste. Elle rêvait d'avoir une fille exactement comme moi, ce serait dommage que cette fille meure.

Au carrefour avec la nationale, les deux voitures tournèrent à droite.

XXVII

L'ombre des montagnes s'étendait sur la route, éclipsant un tiers de la vallée, sans toutefois atteindre la ferme et, derrière elle, les prairies, landes et versants situés plus à l'est, encore baignés des rayons horizontaux du soleil couchant. La vache meugla et les poules, occupées à picorer le gravier, levèrent la tête vers la nationale pour observer la voiture orange qui s'enfonçait dans la vallée, suivie de la bleue. Lorsqu'un nuage de fumée s'échappa du capot de la voiture orange et la dissimula bientôt tout entière, elles s'en désintéressèrent et détournèrent le regard. La voiture bleue fit des appels de phare et klaxonna, mais Billie ne remarqua rien, aux prises avec le volant rigide tandis que le véhicule accélérait toujours plus dans la pente, la décidant enfin à effleurer la pédale de frein. Là-dessus, la voiture se mit à danser, et le volant à n'en faire qu'à sa tête tandis qu'une pluie de cailloux s'abattait sur le capot. Billie avait la sensation de pénétrer dans un brouillard épais. Mieux valait appuyer plus fort sur le frein. À fond. Le mastodonte convulsa, la tête de Billie vint heurter le volant et une bosse apparut. Rafael ouvrit la portière, lui dit qu'elle s'était bien débrouillée pour son voyage inaugural en tant que conductrice, puis il alla jeter un œil sous le capot et disparut dans le nuage de fumée blanche. « Il n'y a plus d'eau dans le réservoir. » Comme si Billie en avait quelque chose à faire de ce réservoir. Elle massa la bosse de son front. « Il n'y a plus d'eau dans le réservoir », répéta-t-il. Dans les *road movies*, lorsque les personnages se trouvaient à bord d'une voiture, la décence voulait que la radio fût allumée, et Billie était une authentique voyageuse. Soffia le savait très bien :

On trouve rarement d'aussi bons compagnons de voyage que notre Billie. C'est une voyageuse née, dit-elle un jour à Abraham, qui n'était jamais exclu de leurs expéditions mais qui, dépourvu de dents, préférait rester assis à la maison plutôt que de parcourir le monde sans dents. Il attendait un remède à ses problèmes. Par ailleurs, par ailleurs, expliqua-t-il à Soffia avant qu'elle achète les billets d'avion, je dois terminer mon essai. Lorsque j'aurai des dents, et que j'aurai fini mon livre, je me sentirai capable de voyager. Soffia créa une cagnotte secrète, une réserve, un coussin d'économies, un compte bancaire portant le nom : Les dents de mon ami. Abandonne-t-on un homme qui ne peut pas sourire ? Des mots prononcés dans un vieux film. Non, on lui donne d'abord des dents. Ensuite seulement, on peut l'abandonner. Ce n'était pas toujours aisé de se montrer vertueux, de faire preuve d'abnégation, en témoignait par exemple la fois où Abraham, jaloux du commentaire de Soffia sur le fait que Billie était une voyageuse née, demanda à sa fille de l'accompagner quelque part le moment venu – juste tous les deux. Le Taj Mahal et Alcatraz étaient leurs destinations de rêve à tous les trois, mais il y avait bien d'autres options. Billie et Abraham vont en Afrique. Billie et Abraham en Antarctique. Accueillis par les manchots. Billie et Abraham visitent les Alpes. Billie et Abraham en Floride. Billie joua avec le bouton de l'autoradio et arrêta la flèche lorsqu'une voix profonde se fit entendre :

C'est une guerre étrange. On ignore qui sont les victimes. Quel est leur nombre. Combien de soldats envoyés par l'envahisseur sont présents dans le pays. Nous savons peu de choses, mais nous ressentons la peur, le désespoir et l'humiliation. Les objets de valeur et les capitaux disparaissent. Le soir et la nuit, tout est sombre et silencieux. Nous attendons une attaque à la bombe sans savoir quand elle aura lieu. Le gouvernement travaille dans le secret. Il promet de protéger les intérêts et les biens des citoyens, et encourage les gens à ne pas baisser les bras.

— Qu'est-ce que tu écoutes ? demanda Rafael par-dessus la portière ouverte. Éteins la radio, s'il te plaît.

— Je n'ai donc le droit de rien ?

— Non, tu es une prisonnière de guerre. Une prisonnière de guerre n'écoute pas la radio et ne s'amuse pas derrière le volant d'une voiture pendant que son geôlier se tue à la tâche. Tu ne comprends donc pas les règles de base ? Où es-tu née, gamine ? Il est temps que tu prennes conscience de la réalité, jeune fille.

Reality. Realidad. Virkeligheten. Genjitsu. Elle n'écoutait ni ne voyait le soldat qui versait de l'eau dans le réservoir d'eau. Elle se contenta de changer de station, lasse d'observer son corps musclé, son cou large, ses oreilles aussi petites que celles d'une fille de onze ans, aussi duveteuses qu'un souriceau. Les épaules de Billie remuèrent en rythme avec un morceau de rock : Maria reviens à la maison. Je suis épuisé de traîner là en solitaire. Reviens vite vite vite. Tu te rappelles comme on s'amusait l'été dernier. L'été dernier, l'été dernier, l'été dernier.

Rafael ferma le capot, se pencha sur la portière et dit :

— Il reste vingt-cinq minutes avant l'explosion, miss. Démarre la voiture, remets-toi bien sur la route et avance jusqu'à ce qu'on ait atteint le lac.

D'un geste brusque il éteignit la radio, et donna une pichenette sur la nuque de Billie.

— Aïe, putain ! Sale merdeux.

— Dis donc, personne ne me parle comme ça. Il n'y a donc rien qui rentre dans ta petite tête vide ?

Repensant à l'article cinq de la Déclaration universelle des droits de l'Homme, « Nul ne sera soumis à la torture, ni à des peines ou traitements cruels, inhumains ou dégradants », elle tendit la main vers la poignée de la portière, mais Rafael lui épargna le tracas et la lui claqua au nez. Elle démarra la voiture, la remit dans le bon sens sur la route et rejoignit le lac où elle se gara sur un parking bien entretenu, recouvert de gravier rouge vif. Elle sortit en claudiquant. Posé au sommet de la montagne comme une couronne, le soleil faisait scintiller la surface de l'eau. Des buissons de petite taille poussaient dans des directions illogiques sur les rives sableuses. Le silence d'ici n'était pas le même qu'à la ferme, c'était peut-être comme se retrouver dans un sac en cuir de la taille du ciel sans ressentir de claustrophobie. Quelques oiseaux chantaient des berceuses. D'autres s'interpellaient : Rentre à la maison, courlis corlieu. Viens, bergeronnette, tu m'as manqué. Viens, grive mauvis, on ne commencera pas sans toi. Des moustiques suspendus en fines nuées, ayant depuis longtemps abandonné l'idée de goûter du sang humain dans ces contrées, sentaient une nouvelle présence sans vraiment savoir comment réagir. Les mains dans les poches, dans les poches de son jean, la fine ceinture rose, la fine ceinture rose. Elle gratta les cailloux avec la pointe de sa chaussure préférée puis s'assit en tailleur, comme au yoga, pendant que la voiture bleue se garait sur le parking, délibérément loin de l'orange à qui elle ne manquait pas du tout.

XXVIII

Rafael tira la bombe de la voiture orange et la posa entre les deux sièges avant de la bleue. Comme le gâteau que les deux hommes auraient oublié d'acheter à la pâtisserie. Puis il ouvrit le coffre. « Viens voir ça, Billie », dit-il. Elle se leva d'un pas titubant et donna un coup de pied dans un caillou rouge. Le coffre contenait une mallette bordeaux remplie de liasses de billets. Des billets neufs qui sentaient l'argent. L'espace d'un instant, la réalité se confondit avec les films. Qui de l'œuf ou de la poule était venu en premier ? Et qui la croirait lorsqu'elle commencerait à raconter :

Le jour avait déjà bien entamé son voyage vers la nuit lorsque j'ai vu une mallette dans le coffre d'un véhicule bleu, une mallette remplie de billets. Cela ressemblait à ce qu'on peut voir dans les films, mais je peux témoigner avoir éprouvé un grand désarroi et m'être demandé : Billie, suis-je opportuniste ?

Pauvre Soffia, qui détestait les opportunistes, d'en avoir dans la douleur enfanté un spécimen, en plus de découvrir avec le temps que celui-ci était attardé.

— Ils ont raflé tout ça aux fermiers. Ainsi vont les percepteurs des impôts au fil des routes qui pillent les gens par des moyens honnêtes, et non malhonnêtes comme ce dont on accuse les soldats. Est-ce que ça change quelque chose, à qui tu paies tes impôts ? À ceux qui dirigeaient le pays avant, ou à nous ? Rien. Ça ne change rien. Rien. Tout ça, c'est la même chose, Billie. Je suis désolé, mais c'est comme ça. Je ne suis pas meilleur que les autres. Les autres ne sont pas meilleurs que moi, dit Rafael avant de fermer la mallette dans un claquement sec.

À en croire ses mots, l'opportunisme était un choix

de vie normal et nullement condamnable. Il s'empara des lunettes noires et de l'extincteur abandonnés dans le coffre pour les jeter par terre. Attrapant les lunettes, Billie les enfila sur son museau. Rafael balança la mallette sur la banquette arrière de la voiture bleue, assénant qu'il refusait les pots-de-vin et ne prendrait pas part à cette débauche.

— Je veux être propre, conclut-il.

— Tu l'es, répondit Billie, observant ses cheveux si soignés que n'importe quel parent aurait été fier de l'avoir pour fils.

Elle n'y décelait pas la moindre trace de saleté, ni de négligence envers son corps.

— Je veux me laver de cette guerre. Je ne me comporte pas comme la majorité des gens.

— En démocratie, c'est la majorité qui décide, commenta Billie, déterminée à participer à un débat constructif, à montrer son aptitude à la conversation, comme sa mère le formulait.

Tu n'es pas apte à la conversation, mon garçon, avait-elle entendu Soffia dire à Abraham après une nuit entière passée à discuter de leurs projets d'avenir. Tu n'es tout simplement pas apte à la conversation, avait-elle répété avant de se rendre dans la cuisine où elle avait préparé du café et s'était écriée : Il faut réveiller notre fille ! Elle doit aller à l'école, ou bien l'avais-tu oublié ? Peut-être l'avait-il oublié. Abraham pouvait parfois oublier pendant des jours, des semaines.

— Et la majorité des humains sont cupides, dit

Rafael en fermant toutes les portières ainsi que le coffre de la voiture bleue à clé, comme si cela avait la moindre importance pour un véhicule qui devait exploser sous peu.

— Je peux garder les lunettes de soleil ? demanda-t-elle, surprise qu'il lui réponde aussitôt « oui » sans plus de discussion.

C'était reposant. Aussi tête en l'air que son père, elle éprouva soudain un regain d'intérêt envers Rafael, oubliant qu'elle avait affaire à un meurtrier. Qui voulait devenir un homme meilleur. Ne doit-on pas accorder une seconde chance aux gens ? Et puis, elle était opportuniste. Il faut saisir l'occasion quand elle se présente. Donner une seconde chance à cet homme. Sur la montre rouge attachée à son poignet, il restait à l'aiguille des secondes un angle de quatre-vingt-dix degrés à parcourir avant l'explosion. Elle courut se réfugier derrière la voiture orange. Le soldat comptait-il la faire exploser, elle aussi ? Elle ne voulait pas mourir. Cette fois, elle le savait. Qui a envie de mourir ?

Certaines personnes. Regarde, ma petite Billie, la manière dont les gens vivent leur vie. Leur style de vie ne suggère-t-il pas souvent qu'ils veulent mourir, prendre un raccourci, accélérer le voyage vers la sortie ? Pourquoi donc, d'après toi ? demanda le grand excentrique dégingandé à l'enfant.

Je ne sais pas, Papa.

Je ne sais pas non plus, répondit Abraham en se grattant derrière l'oreille.

— C'est quoi le but, en me laissant comme ça près de la voiture bleue ? Tu veux me faire exploser ? demanda-t-elle, essoufflée. Pourquoi tu m'as abandonnée là ? J'avais obéi à mes devoirs de prisonnière de guerre à cent pour cent !

— Calme-toi, dit-il en tenant la télécommande. Tout est sous contrôle.

Billie jeta un œil par-dessus la voiture orange et consulta sa montre.

— Elle n'explose pas. Pourquoi elle n'explose pas ? Selon ma montre, les soixante minutes sont passées.

— Tu veux appuyer sur le bouton ? proposa-t-il en lui montrant la télécommande. Les enfants adorent appuyer sur les boutons.

— Pas moi.

Rafael regarda une dernière fois la voiture bleue, puis il prit la tête de Billie dans ses mains et la cacha au creux de ses bras. Elle parvenait à peine à respirer, mais le pull à col roulé bleu sentait bon. Un mélange entre une odeur de singe et de moquette. Même si elle n'avait jamais senti l'odeur d'un singe, ni mis les pieds dans un zoo. Pourquoi ses parents ne l'emmenaient-ils pas au zoo ?

Abraham et Soffia en chœur : Notre Billie adorée, nous ne voulons pas te montrer des animaux en prison.

Et les poules à la ferme ? Elles ne sont pas prisonnières ? Il y a une nuance entre être un prisonnier enchaîné ou pas. Exposé aux yeux de tous ou pas. La question est complexe. Il existe différents niveaux d'emprisonnement. Rafael appuya sur le bouton. Le sol se mit à gronder au moment où la bombe explosa, et l'onde de choc les souleva de terre avant de les projeter à l'horizontale trois ou quatre mètres plus loin. La détonation résonna dans toute la vallée. Un profond silence suivit, interrompu seulement par un meuglement lointain, un aboiement inattendu. D'un pas hésitant, ils contournèrent la voiture orange. Billie retira ses lunettes de soleil. Une fine volute de fumée noire s'élevait vers le ciel. Un morceau de tôle froissée de la taille d'un fusil gisait par terre, caressé par des flammes qui tendirent le cou vers le Tout-Puissant avant de s'évanouir. Les objets pouvaient donc disparaître ainsi du monde réel en un claquement de doigts, comme par enchantement. Elle remit les lunettes de soleil – peut-être appartenaient-elles à un mort, elle s'en fichait, qui n'était pas mort de nos jours ?

— J'ai envie de fumer, dit-elle.

Puisqu'elle avait commencé à conduire, pourquoi ne pas fumer ?

— Donne-moi une cigarette, demanda-t-elle à Rafael qui tira un paquet de sa poche.

— L'avantage avec l'armée, c'est qu'elle fournit les cigarettes. Elle achète ses hommes avec du tabac, de l'argent, des médicaments et la promesse d'une retraite. Une bonne situation quand on prend de l'âge. Pour le soldat et son épouse.

— Oui, camarade, si vous gagnez la guerre.

— On va la gagner. On l'a déjà gagnée.

— Bon. Si tu le dis.

Il lui tendit du feu pour sa cigarette. Elle souffla. C'était marrant. Regarder l'espace vide où une voiture était garée pas plus de cinq minutes auparavant et fumer. Quel pied !

Cet été fut l'été où j'ai appris à conduire une voiture, où j'ai vu une voiture exploser sur un parking et où j'ai commencé à fumer…

— Viens.

Rafael sortit les bagages du coffre de la voiture orange. Puis ils se mirent en route. Avec les cannes à pêche, la tente, les sacs de couchage et tous ces autres accessoires finement pensés pour la vie au grand air.

XXIX

Leur partie de la planète disparut dans l'ombre, ils voyageaient désormais dans la classe tournée vers les ténèbres du cosmos. Bientôt les étoiles scintilleraient et la lune apparaîtrait, pantin de la Terre, la Terre son pantin – l'astre qui dirigeait le cycle des femmes et les marées devait avoir bien d'autres tours dans son sac. Billie avait donc fini par voyager, fût-ce sur une courte distance, et sans la présence d'Abraham et de Soffia, qui restaient à l'écart des festivités, comme on le dit parfois pour moins que ça. Billie et Rafael étaient allongés dans leurs sacs de couchage – celui de Billie bleu clair dehors, bleu foncé dedans, celui du soldat noir dehors, orange dedans. Devant l'auvent de la tente brûlait un feu dont Billie remuait les braises avec une branche fine, faisant jaillir des étincelles aussi joyeuses qu'éphémères, pendant que Rafael fumait. Il avait refusé de lui donner une autre cigarette, ou même une simple bouffée, prétendant que c'était pour son bien. En vérité, cela s'appelait de la radinerie, de la radinerie pure et dure. La débauche, c'était fini, il voulait désormais que Billie soit « propre », quoi que cela veuille bien dire. Sûrement quelque chose qui appartenait au langage secret des adultes.

— Sous ma responsabilité, tu ne fumeras qu'une seule cigarette, dit-il, sortant d'un vieux sac vert deux cannettes de bière avant de lui en tendre une. Et tu ne boiras qu'une seule bière, pas plus.

Elle retira ses lunettes de soleil :

— Cette soudaine fermeté, c'est pour te racheter de tes méfaits ici-bas sur Terre ? demanda-t-elle.

Quel plaisir d'aligner des mots à la belle étoile ! Elle but une grosse gorgée de bière et rota.

— Mes méfaits sont innombrables, répondit-il, et même si je cherchais à me racheter, cela ne diminuerait pas leur nombre.

— Comme avec les étoiles dans le ciel. Si l'une d'entre elles s'éteint, il en reste des millions, des trillions.

— Je suis las de tuer, Billie. Ça me donne mal à la tête. Je ne veux plus avoir à creuser de nouvelles tombes. À enterrer de nouveaux corps. Je ne devrais pas avoir à faire ça, en tant que soldat. La prochaine fois que nous recevons des visiteurs, je dois trouver un moyen de m'en débarrasser sans les tuer.

— Ces hommes-là ne t'auraient-ils pas tué si tu ne l'avais pas fait ? Après quoi ils m'auraient tuée à mon tour, ou m'auraient envoyée dans un orphelinat.

— Je ne peux plus parler de cela. Faisons à présent la promesse solennelle de devenir meilleurs.

— La vie appartient à ceux qui s'améliorent, dit Billie en mordillant une branche de ses lunettes.

— Tu as arrêté de fumer, dit Rafael, comme si elle avait commencé. Et moi aussi. Nous allons nous améliorer. La vie appartient à ceux qui s'améliorent.

— C'est bien vrai, skipper.

Chacun avec son bâton, ils remuèrent les braises du feu. Épuisée après une dure journée de labeur à absorber la lumière, la végétation soupirait, exhalant un parfum de feuilles, de fleurs, de mousse et de bruyère avant d'aspirer à soi l'évaporation de la terre. Des étoiles çà et là lançaient des lignes munies d'hameçons pour attraper par la queue quelques poissons, quelques âmes errantes dont l'heure avait sonné, et les faire remonter tout là-haut. Certains de ces poissons tiraient de leur plein gré sur les lignes pour les enrouler autour de leur propre cou, voire autour du cou des autres. Les oiseaux dormaient. Un quadrupède courait à toutes jambes, faisant frémir les brins d'herbe. Des martres fendaient la surface de l'eau comme des lames nageuses. La rumeur des réverbères ou des antennes de télécommunication s'était tue. Billie ne parvenait plus à roter, ce qu'elle aurait pourtant bien voulu, car elle avait un peu la nausée, mais c'était sans importance : l'évaporation dont la végétation se nourrissait avant de dormir viendrait tranquillement à bout de ses ballonnements. Elle aimait en tout cas la perspective de se réveiller autre part que dans son lit, à côté de la commode orange et de l'armoire rouge, avec ce matelas par terre devant elle.

— Demain, nous irons nager puis pêcher. J'ai appris au cours de mes périples dans ce pays qu'il n'y a pas plus beau lac qu'ici.

— Je n'ai jamais vu de lac moche, répondit Billie, globe-trotteuse, aventurière et compagne de voyage exceptionnelle.

XXX

Rafael se déshabilla rapidement et méthodiquement. Peut-être quelque chose qu'il avait appris à l'armée. Ses fesses faisaient penser à deux demi-ballons de basket. On aurait dit des fesses de fille et elles prêtaient à sourire tandis qu'il se jetait dans l'eau. Billie retira ses vêtements en jean, les replia et les posa parmi les joncs, la pièce en cuivre et le pansement sur le dessus de la pile. Son nombril ressortait comme une bille. Sa mère estimait qu'il rentrerait lorsque Billie aurait atteint la puberté, et que les œufs de ses ovaires réclameraient d'être fécondés. Les ovaires tireraient alors sur le nombril et le cordon ombilical afin de pouvoir lancer le cordon hors de l'utérus plus tard, avec une nouvelle pousse accrochée à son extrémité. En attendant, son nombril resterait protubérant, car il demeurait attaché par d'invisibles liens à la maison-mère, Soffia, la sagesse personnifiée. Si sa mère venait à mourir, le monde perdrait la raison. Billie boita jusqu'à la rive du lac, dont le doux limon apaisa son pied blessé. Sa peau se couvrit de chair de poule, qui disparut bientôt comme autant de petites bulles. Elle se glissa dans l'eau et y plongea complètement lorsque celle-ci lui atteignit le torse, s'éloignant de Rafael, car elle voulait être libre et seule. Voir son reflet à la surface se disperser à chaque brasse tandis que le soleil clignotait dans les ondulations de l'eau. Écouter le clapotis provoqué par ses mains, le frémissement de l'air et le chant des oiseaux. Sentir l'eau la manipuler, avec prudence et douceur. L'eau se montrait bienveillante, même si elle ne la connaissait pas. Elle ne lui demandait pas son prénom, qui étaient ses parents, quand et où elle était née. Elle l'acceptait dans son étreinte comme un flocon de neige descendu du ciel. Billie nagea vers une petite cascade, encore cachée dans l'ombre matinale. Puis elle fit demi-tour, se redirigeant vers la rive. Le soleil gravissait l'escalier céleste, chaque marche un degré de plus sur Terre. Peut-être atteindrait-il un point un peu plus haut qu'hier. À ce stade de la matinée, il montait les marches quatre à quatre, comme une jeune fille se précipitant au bal dans un conte de fées. Billie ressortit de l'eau et regagna l'herbe. Les bulles de peau réapparurent par millions pendant que les dents claquaient dans sa bouche. Il était donc plus avisé de se baigner dans une baignoire, à proximité d'un lit ou d'un radiateur, afin de ne pas avoir froid en ressortant. Ne pas jouer au plus fort, prendre un bon bain chez soi. Pourquoi aller ailleurs quand on avait de l'eau à volonté à la maison – c'était la même eau, de toute façon. La tête de Rafael émergea à la surface et se secoua à mille à l'heure, envoyant des gouttes dans toutes les directions. Il ressortit, se pencha avant d'avoir regagné la terre ferme pour attraper un T-shirt blanc, se retourna et enfila à la vitesse de l'éclair son pantalon de soldat, ses chaussettes de soldat, son T-shirt de soldat, ses chaussures de soldat, le pull à col roulé bleu, également un cadeau de l'armée – quelle joie de se faire habiller, de ne pas devoir aller en ville pour se choisir des vêtements, tout recevoir d'un seul coup, des chaussettes et sous-vêtements aux manteaux et coupe-vent, gants et bonnets, même le sac de couchage, le porte-monnaie, le briquet, un journal intime à son nom, un stylo-bille avec une inscription dorée, *ubi bene, ibi patria*, une paire de jumelles, un masque à gaz, le matériel pour se raser, une brosse à dents, un chausse-pied, du fil et des aiguilles, un peigne. Rafael s'assit dans l'herbe à côté de Billie.

— Tu as froid, dit-il. Remets tes vêtements.

— On n'a pas le droit de s'habiller quand on est mouillé.

— Il faut que tu t'habilles. Il ne fait pas encore chaud.

Elle ne put répondre tant ses dents claquaient. Il essaya de l'habiller, mais son corps crispé et lourd refusait de coopérer. Il lança alors ses vêtements par-dessus son épaule, prit la pauvre Billie tétanisée dans ses bras et la porta jusqu'à la voiture où il l'allongea sur la banquette arrière. Elle demanda ses lunettes de soleil, qu'elle obtint, ainsi qu'une couverture qui sentait l'huile et l'herbe. C'était un de ces épais plaids gris qui piquaient, de ceux qui pendaient aux sacs à dos des militaires lorsqu'ils étaient arrivés à la ferme un midi, plusieurs semaines auparavant. Billie adopta la fameuse position fœtale qui sauve des vies. Elle avait vraiment très très très très très envie de vomir. La voiture se mit en route. Prout prout. Des petits nuages de prouts blancs jaillirent du pot d'échappement avant de s'envoler comme des grumeaux d'air. Les poules entendirent les hoquets du véhicule. L'une d'entre elles s'extirpa du poulailler et observa la voiture orange qui gravissait la côte non sans peine.

XXXI

Billie vit une grande cuillère. À l'intérieur, un liquide rose. Derrière, le strabisme de Rafael, fixé sur elle. Elle n'était donc pas morte. Ou l'était-elle ? Par réflexe, elle ouvrit la bouche, comme on le fait quand une cuillère remplie à ras bord s'approche. On soulève d'abord les paupières, on voit une cuillère, puis on ouvre la bouche. La cuillère se glissa entre ses lèvres et le médicament coula dans son estomac. Ce n'était pas si mauvais. Suivit une nouvelle cuillère avec une montagne de riz blanc. « Tiens, c'est du porridge », dit Rafael, vêtu d'un pantalon de soldat vert, d'un T-shirt blanc moulant ses bras hypertrophiés, des poils parsemant la partie inférieure de ses doigts. Dehors, on entendait les oiseaux, et lorsqu'elle jeta un coup d'œil par la fenêtre, grimaçant de douleur en bougeant ses yeux en carton, ses yeux en carton, peut-être devenue pantin à son tour, elle les vit s'envoler, points jaunes dans le ciel. Elle devait se trouver dans la haute tour d'un château. Le ciel était d'un bleu encore plus vif que d'habitude, et elle ne décelait pas la moindre vitre entre elle et le monde extérieur, comme il était de coutume autrefois, dans les tours des dessins animés, où l'on pouvait sortir sa main au grand air par la fenêtre sans le moindre effort. Goûter l'air du dehors avec ses doigts avant d'y passer la tête, avant d'y passer le corps et de se précipiter vers le sol. Boum. Oups, ça faisait un sacré choc. Mais hop, debout. Elle était une princesse. Elle habitait en haut d'une tour. Un soldat montait la garde. Bientôt, une blanche colombe se poserait sur l'appui de sa fenêtre, une lettre importante attachée à sa patte.

XXXII

Les rideaux tirés oscillaient légèrement à cause de la fenêtre ouverte de l'autre côté du tissu. Un tabouret était posé à côté du lit. Sur le tabouret, une serviette de table. Sur la serviette de table, un verre d'eau et des quartiers de pomme. Une serviette de toilette propre était étendue sur son oreiller. Allongé par terre dans la chemise de nuit du maître des lieux, Rafael avait une jambe par-dessus la couverture. Peut-être qu'on pouvait la dévisser, peut-être pas. Billie but une gorgée d'eau avant de se rallonger sur le dos, les yeux en l'air, fixés sur le cadre du lit supérieur, orné de dessins et de gribouillis. Sans faire de bruit, elle alluma la lampe de chevet et lut : T'es qu'un kangourou-porc. Fais gaffe à mon nombril. Caca boudin. Âne pâté. Caméléon. Pue-des-pieds. Tu as de l'asthme ? Saute-bouton. Obsédé. Prout prout. Distributeur de chewing-gums. Mon cœur est un cerf-volant et je n'arrive pas à le ramener sur Terre. Chante alléluia. Fanfaron. Âne. Crotte. Billie + Marius ≠ faux amour. Crâneur. Cure-pipe. Soupière. Cœur de cannelle. Un cœur dessiné. Un cornet de glace. Une couronne. Elle éteignit la lumière. Rafael remua et dit : « Bien sûr que je peux dévaler la montagne en ski. » Dans son sommeil. Billie se tourna sur le côté, s'enroula dans la couette et entreprit de chercher une pensée qui lui permettrait de s'endormir mieux qu'elle ne s'était réveillée.

XXXIII

Juste avant le début formel de la journée, elle sortit en chemise de nuit. L'herbe était encore humide de rosée. La tente pendait sur la corde à linge. Les poules dormaient dans leur poulailler. Le coq observa l'intruse d'un air absent : s'agissait-il d'un nouveau substitut du Père céleste ou du fermier ? Ou peut-être n'avait-il simplement jamais vu une chemise de nuit ornée de sirènes. Derrière la maison, la vache se leva dans son enclos nocturne et la regarda à son tour, ses yeux tristes aussi protubérants que le nombril de Billie. Billie essuya le sommeil au coin des yeux de la vache et la câlina, joue contre joue. Aïe, aïe, aïe, comme cette vache était lasse d'être une vache. Le monde est-il las d'être le monde, juste avant d'entamer sa journée, aux premières lueurs de l'aube ? La vache se mit à meugler, excitant le coq qui hurla dans le vide. La vache lui répondit, et les poules jaillirent de leurs nids respectifs pour aller voir dehors de quoi il retournait. Elles se précipitèrent derrière la maison, enveloppées de leurs chemises de nuit innées, ou tout au moins du voile de la nuit pas encore dissipé, et virent Billie qui descendait avec la vache vers le pré. Comme les poules savent si bien le faire, elles observèrent les deux comparses qui s'éloignaient. Billie attrapa la queue de la vache, et ainsi gambadèrent-elles, telles deux amies se tenant la main.

En revenant du pré, Billie s'agenouilla à côté de la mare, appuyant son menton sur le bord recouvert de mousse. Les poissons rouges dormaient. Leur nourriture, sous forme de flocons jaunes, verts et marron, flottait à la surface. Les pièces en or des deux hommes qui un jour s'étaient assis sur les chaises blanches à la lueur de la lune gisaient toujours au fond de l'eau. L'un d'eux avait vidé les poches de son jean :

Dans l'espoir que se réalisent nos vœux, à savoir

que chaque être humain se reprenne et cesse d'escroquer son prochain. De la petite tricherie à la fraude de grande envergure, cela revient au même. Abolissons tout cela, et construisons un nouvel avenir. Ce n'est pas si dur. Ne cherchons pas à éviter la difficulté, ne cherchons pas à nous faciliter la tâche par l'imposture. Ne privons pas les autres pour nous enrichir. Privilégions d'autres pronoms personnels que la première personne du singulier. Puisse le gouvernement entamer son discours avec ces mots : Nous proposons d'arrêter tous ensemble d'escroquer notre prochain. Voilà ce que l'homme avait dit. L'autre l'avait imité, vidant lui aussi ses poches dans la mare :

Nous n'arrêterons pas de fumer, mais nous arrêterons d'escroquer. Nous arrêterons de mentir, et de penser de manière conventionnelle, car les clichés prennent toujours plus de place dans notre cerveau. Avant toute chose, j'arrêterai de me focaliser sur mes propres intérêts. Je veux avoir au sujet de mon corps d'aussi belles pensées que pour n'importe quelle plante dans la serre, et respecter mon esprit. Mon esprit où ça se chamaille à tout-va. Je vais arrêter de me chamailler avec ces chamailleries avant d'arrêter de fumer. Avant d'arrêter de fumer, avait répété l'homme en tapant plusieurs fois du pied par terre pour appuyer son propos. Après quoi ils avaient repris place chacun sur sa chaise et poursuivi leur conversation à mi-voix. Un beau jour, les vœux de ces hommes se réaliseraient, car il est dans la nature des vœux de se réaliser, et ce beau jour tous les habitants du monde cesseraient de s'escroquer les uns les autres. Billie glissa la main dans l'eau et les poissons se réveillèrent de leur doux sommeil.

XXXIV

— Salut mes petites poules, dit-elle, en effleurant quelques crêtes sur son passage parmi les paires d'yeux qui la fixaient.

Un coup de feu résonna dans la maison. Les poules suivirent Billie, n'allant toutefois pas plus loin dans le salon que des copines timides ne s'y autoriseraient ; sages comme des images, l'attitude solennelle, elles aimaient l'odeur de la nouvelle organisation des lieux, en éprouvaient un pincement de bien-être dans leurs petits ventres de poules, qui se manifestait aux yeux des humains sous la forme d'un doux trémoussement. La vie était belle, même si elle était laide. Billie plaça le tabouret de la cuisine devant la gazinière. Rafael descendit l'escalier d'un pas chancelant, toujours en chemise de nuit.

— Salut mes petites poules, dit-il.

Un de ses orteils saignait.

— La tâche matinale de l'homme pénitent, lui expliqua-t-il tandis que, debout sur le tabouret, elle préparait du café.

Il ouvrit la main et lui montra l'orteil amputé avant de le jeter à la poubelle.

— Tu nous fais du café, ma grande ? constata-t-il

lorsqu'il eut refermé le placard contenant la poubelle.

— Et toi, tu t'es tiré dans l'orteil, mon grand, répondit-elle.

Elle ôta le filtre de la cafetière, le déposa dans l'évier, ferma le couvercle de la thermos et la tendit au soldat.

— Plus jamais je ne toucherai à une arme, dit-il en versant du café dans une tasse.

Billie descendit de son tabouret. Elle vida les derniers grains de la boîte de chocolat en poudre dans un verre qu'elle remplit de lait.

— Tout à l'heure, j'ai emballé les mitraillettes et conclu un accord avec moi-même. L'orteil qui se trouve dans la poubelle représente mes meurtres passés. À l'avenir, je me tirerai une balle dans un orteil pour chaque vie humaine qui, par ma faute, se transforme en cadavre. Que ce soit de la légitime défense ou non.

Il attrapa une plaquette d'antalgiques dans la boîte noire tombée de l'avion quelques semaines plus tôt et en avala deux avec son café :

— Exceptionnel, ce café, commenta-t-il.

— Et les meilleurs antalgiques disponibles dans le monde à l'heure actuelle. L'armée sait y faire, dit-elle, répétant ce que lui avait un jour dit le soldat.

— Allez, nous avons du travail. Nourrir les poules, ramasser les œufs, traire la vache, désherber les plates-bandes.

— *Tu* as du travail, le corrigea-t-elle. Je suis encore une enfant.

— Les carottes doivent être bonnes à ramasser, selon le livre de jardinage que j'ai lu hier. L'un des livres les plus divertissants qu'il m'ait été donné de lire. Pour le déjeuner, nous mangerons des épinards du jardin cueillis du jour, des carottes et des œufs. D'accord ?

— D'accord.

Ils se tapèrent dans la main.

— Que dirais-tu d'élever des lapins ? Ainsi, on pourrait manger leur viande, et se fabriquer des gants en fourrure. Peut-être que je t'apprendrai à chasser. Il serait regrettable de nous priver de la délicieuse viande des oiseaux.

— Monsieur le soldat a oublié que j'étais une enfant. Selon les accords internationaux, il est interdit de réduire les enfants en esclavage.

— Tu es une fille intelligente.

— Peut-être attardée.

— Il vaut mieux que je t'apprenne à utiliser une arme à feu, au cas où j'aurais besoin de ton aide un jour. Il suffit de l'apprendre une fois pour s'en souvenir toute sa vie. Tu pourras aller chasser avec ta mère lorsque la guerre sera terminée. Ensuite, on ira chercher des lapins dans la vallée, et on commencera un élevage. Je vais te fabriquer un bonnet en peau de lapin. De toute beauté.

Elle commençait à avoir l'habitude des contradictions. Pendre une poule et pleurer un chien assassiné. Emballer les armes, et les redéballer aussitôt parce qu'on leur avait trouvé une nouvelle utilité – acquérir de la nourriture, en lieu et place de ce qui causait tous ces maux de crâne, voire ces dommages cérébraux, en tout cas au moins la mort des autres. Quand a-t-on le droit de tuer ? Combien de gens doivent soutenir un assassin pour que ses crimes soient justifiés ? Mille, un million, trois millions ? Si la majorité le décide, a-t-elle aussi le droit de donner la mort ? Dans le livre de lois d'Abraham, on pouvait lire :

Quiconque assassine en solitaire est jeté en prison si son meurtre est découvert. Quiconque assassine avec la complicité d'un gouvernement n'est pas jeté en prison. Les conséquences sont pourtant les mêmes. Un individu a quitté ce monde, or l'un des meurtriers est jugé coupable, l'autre innocent. Chaque vie humaine est précieuse. Chaque vie humaine est sacrée. En temps de guerre, les meurtres du vainqueur ne peuvent faire l'objet d'un procès, de la même manière qu'un assassin souffrant d'un trouble mental ne peut être jugé responsable de ses actes. Les gens se rassemblent à la grande célébration de l'asile public, joie ô joie, on tire des feux d'artifice dans le ciel, joie ô joie, les matelots dansent avec les jeunes filles, les vieilles femmes dansent avec les hommes politiques, les vieillards se mouchent d'un geste héroïque, les jeunes préparent à manger et les enfants peuvent veiller tard.

TROIS

XXXV

Billie accompagnait toujours Rafael dans ses tâches matinales, mais ne levait pas le petit doigt à moins d'être d'humeur. « Il faut faire preuve de respect envers les autres, même si c'est la guerre », disait-elle au soldat qui était somme toute très civilisé, pas un esclavagiste pur et dur menant son monde à coups de trique. Un matin, alors que la brise caressait le jeune visage de Rafael, la phrase résonna dans sa tête pendant qu'il bêchait une plate-bande. Ses bottes en caoutchouc enfoncées dans le sol, les mains serrées sur le manche de sa bêche, il envoya une pelletée derrière lui, puis il retourna la terre en se répétant : « Il faut faire preuve de respect envers les autres, même si c'est la guerre », encore et encore. À force de répétition, la maxime fit disparaître son mal de crâne. En dehors de quelques crises particulièrement violentes, il parvenait à maintenir ses migraines à distance avec une faible dose d'antalgiques et des aphorismes tels que : Il faut faire preuve de respect envers les autres, même si c'est la guerre. Chacun doit suivre les méandres de son propre chemin. Donner équivaut à aimer. C'est grâce au cœur qu'on a le vent en poupe. On ignore le nombre de victimes. La justice est une déesse. Quand on veut, on peut. Bientôt viendront des temps meilleurs et florissants. Rien n'étanchera jamais la profonde source de la sagesse. Je suis seul, mais je ne me sens pas seul. Je dois être fatigué de porter un masque.

Avec un peu de chance, le stock d'antalgiques de l'armée ne s'épuiserait pas de sitôt. Avec un peu de chance, ni Rafael ni Billie ne deviendraient muets.

Chaque matin, la première tâche consistait à ramasser les œufs. Billie se tenait sur le seuil du poulailler, tenant dans une main le fil qui servait à allumer et éteindre la lumière et dans l'autre le panier où Rafael alignait les œufs. Sa tête frôlant le toit, il avait des plumes et de la poussière plein les cheveux – aujourd'hui d'une longueur que n'importe quel soldat estimerait inappropriée, même dans le cadre d'une activité strictement pacifique. Billie ne se vantait pas à voix haute de la casquette rose qu'elle portait – la casquette de Marius – mais le fait est que celle-ci constituait une excellente défense contre les poux. Elle rejoignait la cuisine d'un pas prudent en tenant le panier tiède par en dessous avec une de ses mains, sans doute comme l'aurait fait une sage-femme avec un nouveau-né enveloppé de ses langes.

Ensuite, ils descendaient dans le pré, Billie portant le seau vide. Rafael s'asseyait sur un tronc d'arbre à côté de la vache, lui tapotait le ventre et lui disait : « Bonjour ma belle. Regarde, la jeune crémière est venue m'aider à te traire. » La vache meuglait en signe de reconnaissance, remuant la queue d'un geste amical. Elle avait hâte de se débarrasser de cette surcharge quotidienne. Billie tendait le seau à Rafael, qui le fixait sous les pis avant d'effectuer un mouvement de va-et-vient sur le premier d'entre eux jusqu'à ce que le lait sorte. Elle donnait souvent un peu d'herbe à la vache, car celle-ci appréciait sûrement d'avoir quelque chose à mastiquer pendant qu'on la trayait. Remarquable, tout de même, que sa nourriture pousse à ses pieds. Livrée sur un plateau d'argent directement à domicile, et toujours verte. Remarquable, vraiment remarquable que le lait qui sortait de ses pis soit blanc. La machinerie interne de la bête transformait cette herbe verte en lait blanc. La réalité abritait quelque chose de magique, aux promesses sans doute plus remarquables que cela encore, des promesses qui allaient bien au-delà de l'imagination humaine. Le fermier avait dans la poche de sa salopette un baume qu'ils appliquaient sur les pis tous les deux ou trois jours. Avec l'aide d'un mouchoir en tissu, Billie essuyait le coin des yeux de la vache, qui était triste environ un jour sur deux.

Un matin, alors que Rafael la trayait, assis sur son tronc d'arbre, et que Billie glissait des brins d'herbe dans sa bouche, une colombe traversa le jardin et se posa sur le dos de la vache. Le plumage gris et blanc, un bec rose et des chaussures roses – comme si elle avait acheté du rouge à lèvres et des chaussures dans le même magasin –, la petite colombe ne semblait guère farouche. Elle fit ses besoins sur la vache, déploya ses ailes et s'envola. Le fermier aurait aimé la poursuivre avec sa mitraillette, mais en quelques brasses, comme on l'aurait dit si l'air était constitué d'eau, la colombe disparut de leur champ de vision. La vache meugla. Meuuuuh. Billie glissa de nouveaux brins d'herbe dans sa bouche. Rafael alla chercher un chiffon. Au milieu de la fiente, il trouva un collier rouge qu'il rinça sous un jet d'eau avant de le donner à Billie. C'était le troisième cadeau qu'elle recevait d'un homme. D'abord, elle avait reçu un sourire. Numéro deux : du chocolat. Jamais deux sans trois, dit-on, aussi soupira-t-elle de soulagement – elle ne recevrait plus de cadeaux de cette provenance.

— Je ne serai jamais amoureuse, dit-elle lorsqu'il attacha le collier à son cou.

— Marius disait que l'amour, c'est pour les adolescents, rappelle-toi. Cela signifie que tu le connaîtras plus tard ; pour ma part, j'ai la chance de ne plus être adolescent.

— Tu as tout juste réchappé de la période la plus dangereuse.

— Oui, répondit Rafael, solennel.

— Je me défendrai de l'amour comme si j'étais face à un monstre, car c'est un monstre. Si un garçon s'approche de moi et me demande de sortir avec lui, je lui péterai dessus.

— Il sera chanceux, celui qui finira avec toi.

— Ne parle pas de malheur, mec.

Comme c'était charmant, de bavarder ainsi au grand air, entouré d'arbres et de végétation au parfum entêtant, de faire une pause dans la routine de la ferme et d'enfiler un collier apparu dans la fiente d'une colombe des villes calme et sereine.

— Cet essai en philosophie du droit dont tu m'as parlé – celui que ton père écrivait –, il a été publié ?

Allongés dans l'herbe au pied du muret, ils mâchonnaient de la paille. L'air extérieur les protégeait de toute sensation de claustrophobie.

— Papa faisait une étude de la situation juridique sur Terre pour la planète où les marionnettistes habitent. Quand ils vont le remonter, il faut qu'il ait son essai avec lui dans ses bagages, sinon il se retrouvera endetté. C'est pourquoi il faisait toujours attention de ne pas perdre le manuscrit. Mais il pourra aussi leur raconter diverses anecdotes au sujet de la vie terrestre. Il a griffonné quelques réflexions en prévision.

— Pourquoi cette planète s'intéresse-t-elle à la loi sur Terre ? Ils veulent nous envahir ?

— Je ne sais pas.

— J'aimerais lire l'essai de ton père. S'il est aussi divertissant que mon livre de jardinage.

— Ce livre n'est pas destiné aux habitants de la Terre.

— Il est où ?

— Papa est parti avec sur l'autre planète, s'ils l'ont remonté. Ce qu'ils feront dès qu'il aura terminé sa mission sur Terre.

Une fois le lait rapporté à la maison, ils enfilaient les bottes en caoutchouc qui les attendaient sur les dalles à l'entrée de la serre et allaient s'occuper du jardin potager. Les plantes potagères aiment le soleil et réclament de la chaleur. Orientée au sud, la parcelle était abritée du vent par des lignées d'orge et d'avoine – c'était l'emplacement le plus chaud du terrain. Rafael saupoudrait le carré d'engrais et de divers traitements contre les mauvaises herbes. Ces traitements, il les appelait les antidépresseurs du jardinier, car « la dépression est la mauvaise herbe de l'esprit humain », comme il le lui avait expliqué. Après quoi il déplaçait les petites cloisons protégeant le jardin potager du vent et récoltait les légumes mûrs. Billie arrosait les plantes tantôt avec l'arrosoir jaune, tantôt avec le jet d'eau, et donnait un coup de main au fermier à l'occasion, quand elle n'était pas occupée à courir dans les parterres vides ou à se glisser parmi les buissons, dans un jeu mystérieux qui n'avait de sens que pour elle.

Il fallait ensuite prendre soin des plantes sous la serre, ramasser les bouses de vache dans le pré, en déposer une partie dans le compost et le reste directement sous la rhubarbe et les plants de chou. Grimper à l'échelle et cueillir les prunes, les pommes et les poires. Balayer l'allée. Faire de menues réparations çà et là. Repeindre la clôture. Tondre la pelouse. Ratisser l'herbe. Cueillir des fleurs et les arranger dans un vase sur la table de la cuisine. Cueillir des fleurs et les arranger dans un vase sur la table en granit du jardin. Cueillir des baies et s'entraîner à préparer des confitures. Il y avait du pain sur la planche. Rafael avait fabriqué un clapier et une cage plus petite pour les souris. Dans l'étendue d'herbes sauvages située derrière le pré, ils avaient installé des pièges à lapins et à souris qu'ils allaient vérifier tous les deux à trois jours. Dans le même coin, ils empilaient des cannettes de bière vides sur de vieux poteaux et s'entraînaient au tir, jusqu'au moment où ils durent appliquer des mesures de restriction. Pour des raisons de sécurité, il leur fallait préserver le stock de poudre et de munitions.

— À ton avis, ça fait quoi à un guitariste de jouer sur une guitare sans cordes ? lui demanda un jour Rafael, pointant son arme sur les cannettes à quelques mètres d'eux.

Le dos tendu, une caisse de cartouches entre les mains, Billie regardait les balles percer les cannettes.

— Ça doit être ennuyeux, voire franchement énervant, répondit-elle en se précipitant pour aller ramasser les cannettes mortes et les rassembler en un seul tas.

— Si le guitariste fait partie d'un groupe et qu'il arrive à un concert avec une guitare sans cordes… poursuivit Rafael, plongeant la main dans la caisse de cartouches. Non, le pauvre guitariste en souffrirait. Il éprouverait de la honte, un sentiment d'inutilité et d'infériorité vis-à-vis des autres membres du groupe, et même de la société dans son ensemble.

— Et on ne pourrait lui trouver des cordes nulle part ?

— Non, nulle part, nulle part, nulle part. Disons qu'un jour, les cordes de guitare deviendraient introuvables.

— Oui, dit Billie en empilant de nouvelles cannettes sur les poteaux.

Rafael glissa les cartouches neuves dans le chargeur de son arme.

— Un soldat qui se contente de *s'entraîner* au tir, dit-il, et ne fait jamais ses preuves dans de vraies conditions se sent comme un guitariste avec une guitare sans cordes à un concert de rock.

— En attendant, il ne joue de la guitare qu'en rêve, répondit Billie en pointant deux doigts contre sa tempe comme le font les gens qui miment un coup de feu à la tête.

— En attendant, il ne joue de la guitare qu'en rêve, répéta-t-il en brandissant son arme. En attendant, il ne joue de la guitare qu'en rêve. En attendant, il ne joue de la guitare qu'en rêve.

— Rien ne ressemble à de la musique là-bas.

— Rien ne ressemble à de la musique là-bas. Vivre, c'est donner. Donner, c'est faire profiter aux autres du fruit de ses actes. Mourir, c'est se mettre à la place de Dieu. Être humain, c'est formidable. Ça l'est tant que cela dure.

Il vida son chargeur sur les cannettes qui valsèrent et sautèrent et valdinguèrent dans un fracas métallique. Billie courut ramasser les cadavres et les jeter sur le tas. Le soldat sans cordes ouvrit la mitraillette d'un geste expert. Une fine pluie se mit à tomber en même temps que de timides rayons de soleil se frayaient un chemin à travers les nuages, et des volutes de condensation s'élevèrent des piquets de la clôture et des bardeaux bitumés sur le toit du cabanon. Le canon de la mitraillette fumait lui aussi, et Rafael avait le nez qui coulait. Billie s'étendit dans l'herbe de tout son long, s'imaginant dans le rôle de la terre. Elle ouvrit la bouche, ferma les yeux. Ouvrit les yeux, ferma la bouche – ploc, une goutte se brisa sur ses lèvres. Laissant la pluie et le soleil baigner son corps, elle se concentra pour essayer de percevoir le mouvement de la Terre. Rafael empila de nouvelles cannettes :

— Viens, Billie. À toi d'essayer.

Elle avait à peine le courage de se lever, éprouvant un certain plaisir à disparaître dans l'herbe piquée de pluie et de soleil à la fois, mais elle finit par se laisser convaincre d'apprendre au moins un peu à tirer, afin de pouvoir prendre la parole plus tard, se racler la gorge, hum, hum, et dire :

Eh bien, oui, oui, non, non, diantre, oui oui, que dire, par où commencer, tout à fait, tout à fait, tout à fait, non non non non non, je ne veux pas vous faire peur avec cette histoire ou minimiser votre expérience et vos connaissances et votre formation et votre sagesse lorsque je vous dis que j'ai obtenu mon premier grade au tir. Mon formateur était un soldat ayant capitulé… enfin, non, pas capitulé, c'était un guitariste sans cordes, au sens où il s'agissait d'un soldat sans armée, non, c'était un soldat qui avait pris la folle décision d'arrêter de tuer des hommes. Ou disons un soldat qui occupait la position de gouverneur dans la vallée où je me trouvais. Un soldat qui ignorait s'il était soldat, ex-soldat ou fermier. Oui,

oui, je sais que c'est difficile à expliquer, ou du moins assez flou, indistinct et imprécis, oui, tout ce que je peux dire, c'est que ce fantassin spécialisé C, membre de B-3, OP-17, est l'homme qui m'a formée au tir.

Le temps passa. S'il continuait ainsi, l'automne arriverait, et Billie aurait ses douze ans révolus. Elle avait pris l'habitude de vieillir d'un an quelques semaines après la rentrée des classes, une fois l'été achevé. En plein jardinage, elle se demanda si Rafael lui ferait lui-même la classe le moment venu, à moins qu'il ne l'envoie dans un internat, mais elle préférait éviter d'en parler la première. Ce n'était pas aux enfants de demander quand l'école commençait. Les adultes devaient le leur annoncer : Coucou les enfants, l'école reprend la semaine prochaine.

Ils se trouvaient à côté de la fontaine. Le soleil s'était déplacé vers l'ouest bien plus rapidement qu'à l'accoutumée, mais Billie avait la flemme de se lever pour mesurer les ombres avec son mètre pliant, trop occupée à se laisser vivre sur une des deux chaises blanches où les adultes s'installaient lorsqu'ils voulaient jouer aux adultes et bavarder sur un ton sérieux et sensible. L'herbe était si haute qu'elle frôlait le siège. Billie contempla ses baskets roses. Le temps qu'elle pouvait passer à les contempler. Des heures. Ce qu'elles étaient belles. Ce qu'elles avaient tenu la route au fil de l'été. Posée sur ses genoux, la poupée Gugga observait elle aussi ses belles baskets roses. Une thermos et une assiette avec des crêpes gisaient dans l'herbe. Le chat dormait au bord de la mare, temporairement vidée de son eau. Pendant ce temps, les poissons logeaient dans un grand bocal. Debout sur un tabouret, Rafael, en combinaison de protection, décapait la statue du petit garçon qui faisait pipi en vue de la repeindre. Ils n'entendirent pas la poignée du portail se soulever, car au même moment la vache meugla consciencieusement, et le frottement des chaussures en cuir contre le gravier, à peine audible, aurait pu évoquer le bruissement des feuilles dans un arbre. Ils n'étaient ni lourds ni nombreux, les kilos qui reposaient sur ces jambes et ces chaussures, et l'humeur semblait tout aussi légère. Peut-être s'agissait-il d'un pantin, ils se déplacent en silence. Les poules, égales à elles-mêmes, échangèrent des chuchotements et se déployèrent en un claquement de doigts pour mieux observer cette mystérieuse personne qui voyageait à pied. Elle s'arrêta à la porte de la maison et lança un « bonjour » retentissant avant d'inspecter le jardin. Sur la table en granit, un courant d'air ouvrit un livre de coloriage abandonné à côté d'un recueil de poésie pour écoliers, posé à l'envers. La personne ramassa la boîte de crayons de couleur tombée dans l'herbe et la posa sur la table, puis elle jeta un œil par la vitre de la serre, où tout avait fleuri, où des corolles chatoyantes et des fruits exotiques pendaient sur les tiges, un plant de tabac d'un vert vif, piqué de bourgeons blancs, des variétés excentriques de chou, et deux caféiers. À côté de la serre, sous les plus hauts arbres, s'étalait un lit de gravier que la personne traversa avant d'apparaître derrière la maison.

XXXVI

Billie se redressa et Rafael interrompit son décapage. Le chat ouvrit les yeux pour les refermer aussitôt et poursuivre sa sieste dans l'herbe, comme un plat de pâtes noires sur un lit de brocolis. La nonne sourit et tendit sa petite main fine à Rafael. « Bonjour, monsieur », dit-elle, la tête encapuchonnée, vêtue d'une cape en laine grise sous laquelle on apercevait un col blanc, aux pieds des chaussures en cuir marron ornées d'un motif. À sa taille, elle portait une ceinture d'où pendait une bourse en peau d'animal avec des franges – Billie songea immédiatement qu'elle devait contenir de l'argent, son chapelet, un jeu de cartes et un réveille-matin, sans oublier le livre des livres, dans une reliure en cuir avec une fermeture éclair dorée. Rafael posa son grattoir, essuya sa paume sur son pantalon et serra la main de la nonne.

— Bonjour, mademoiselle, enchaîna celle-ci à l'attention de Billie.

Billie fit la révérence :

— Bonjour, madame la nonne.

— Je passe ici comme un ange, dit la nonne en riant de sa propre plaisanterie. En première classe. J'ai parcouru des kilomètres aujourd'hui avec ces humbles chaussures. Humbles chaussures, se reprit-elle, les chaussures peuvent-elles être autre chose qu'humbles, toujours sous nos pieds ? Non, je voulais sans doute dire mes arrogantes chaussures…

La nonne rit :

— Il se trouve que je n'ai rien à manger, ni à boire, ni bagages. Je suis complètement démunie, et je ne voudrais surtout pas demander l'aumône, mais auriez-vous l'amabilité et la possibilité d'offrir à une misérable voyageuse pacifiste, représentante du pouvoir céleste mais parfaitement impuissante dans le domaine terrestre, un petit morceau ?

— Donner rend plus heureux que recevoir, dit Billie, cherchant la lueur assassine dans le regard de Rafael, qui retira sa combinaison de peinture blanche pour la suspendre à la tête de la statue.

Billie trouva fabuleusement osé, même s'il portait sous sa combinaison un pantalon bleu et la blouse blanche du maître des lieux, de se déshabiller ainsi sous le regard d'une nonne qu'il ne connaissait ni d'Ève ni d'Adam. Elle bondit tel un chat et les suivit d'un pas chancelant. Sur le seuil de la porte, Rafael tendit la main et dit : « Après vous » – mais pas sur le ton habituel qu'on emploie pour prononcer cette phrase. Il en pinçait pour elle. Il faut dire qu'elle avait un beau sourire. L'ayant invitée à s'asseoir à la table de la salle à manger, il alla préparer du café dans la cuisine. Billie s'allongea par terre et observa la femme. Puis elle s'élança et fit une galipette, le poirier, une autre galipette, un grand écart facial, un grand écart latéral, la première position, la deuxième, la troisième, la quatrième, la cinquième, la position bras bas, se mit sur la pointe des pieds et fit des arabesques. Rafael disposa le plus beau service à café de la ferme sur le plus beau plateau et l'apporta dans la salle à manger la tête haute, avec une démarche dandinante de parfait fermier. Peut-être qu'ils se marieraient et auraient de nombreux enfants, ces deux-là, la nonne + le soldat. Dans ce cas, est-ce que ce seraient les frères et sœurs de Billie ? La nonne ferait-elle une gentille ou une méchante belle-mère ? Les jolies tasses étaient au nombre de deux sur le plateau – certains ne savent pas compter – et Rafael les posa d'un geste maîtrisé sur la table, de même que l'élégant pot à lait et le sucrier assortis. Billie s'assit au bout de la table, le menton appuyé sur la main. La nonne sourit à Rafael qui sembla ne pas savoir où se mettre, retourna dans la cuisine et revint avec un grand bol de fraises sucrées qu'il posa devant l'invitée. « Je vous en prie, goûtez le fruit de la terre », dit-il, puis il souleva les plis imaginaires de son pantalon avant de s'asseoir, comme le font les gens élégants – Billie ignorait si c'était une habitude chez les astronomes et les soldats, mais elle avait au moins vu un pianiste faire ce geste dans un film.

— Je peux en avoir, moi aussi ? demanda-t-elle.

Elle n'obtint pas de réponse.

Retirant sa coiffe, la nonne dévoila une longue chevelure tout en boucles, que Rafael observa religieusement comme s'il s'agissait d'un trésor.

— Le mieux, c'est de verser du lait sur les fraises, dit-il en pointant le pot du doigt.

— Le lait sort tout juste du pis de la vache. C'est lui qui l'a traite. Ce matin. Il n'y a pas plus frais. Tu ne veux pas verser le café dans les tasses ? demanda Billie, car elle voulait absolument être de la partie.

Tout le monde a le droit d'être de la partie. Cet événement, c'était comme faire l'acquisition d'une nouvelle poupée, dont personne ne savait si elle se laisserait diriger. On célébrait une victoire dans cette maison de campagne de l'absurde.

— Hmm, oui. Oui, oui. Je vais le faire, répondit Rafael.

Par un irrépressible besoin de générer un malaise, Billie suivait du regard chaque cuillère que la nonne portait à sa bouche pendant que Rafael, tête baissée, fixait sa tasse vide. Lorsque la nonne eut terminé les fraises et reposé la cuillère dans le bol, il se leva, emporta le bol et revint de la cuisine avec une assiette contenant une part de gâteau.

— Voilà qui devrait suffire à satisfaire les plus grandes faims, dit-il en posant l'assiette devant la nonne. Vous n'avez qu'à dîner avec nous, il est déjà presque l'heure.

Elle le remercia et mangea le gâteau. Rafael remplit les deux tasses de café.

— Tu ne veux pas fumer ? demanda Billie, en espérant faire vaciller sa concentration.

Mais il secoua la tête. La nonne dit ne pas être contre une cigarette, si quelqu'un avait l'amabilité de lui en proposer une, puis elle sourit.

— Avec plaisir. Donne une cigarette à la nonne, mec.

Rafael fit glisser un paquet sur la table.

— Oh, au fait, excusez-moi. J'ai oublié de me présenter. Au couvent, tout le monde connaît mon nom. Je ne sais plus comment me comporter avec des inconnus. Non que j'aie montré une maîtrise à toute épreuve par le passé, mais au moins on ne m'a jamais jugée folle ni envoyée en prison. Je m'appelle Agnes Elisabet Karmela. Un long nom, mais je vous garantis qu'on le retient facilement. Et ce grâce à mes initiales. A. E. K. Inoubliables, pas vrai ? Les nonnes portent de longs noms afin de pimenter un peu la monotonie de la vie monacale.

Agnes Elisabet fuma de manière précipitée et désordonnée en regardant autour d'elle :

— En tout cas, il règne ici une atmosphère culturelle tout à fait douillette, et la décoration est de toute beauté. Mon père avait un gramophone comme celui-ci avant d'acheter un lecteur CD. La dernière fois que je l'ai vu, il avait fait l'acquisition d'un ordinateur.

Étrange, d'entendre mentionner le père d'une nonne, ce qui suggérait qu'une nonne avait été fabriquée maison, par des gens, qu'elle appartenait au monde humain.

— Mon père avait lui aussi une chaîne hi-fi comme celle-ci, dit Rafael.

— Étrange coïncidence, dit Billie. Et moi, on ne me propose pas de café ?

Pas de réponse. C'est ça, être une enfant. Parfois, on est invisible ; souvent, on est juste dans le passage.

— Je peux vous proposer d'écouter quelque chose sur la chaîne hi-fi, Agnes Elisabet ? demanda Rafael.

— Oui, quelle idée sympathique pour un bon

moment de détente. J'aimerais beaucoup écouter un disque pour gramophone. Ils ont un bien meilleur son, répondit Agnes Elisabet en fixant Rafael, qui se précipita vers l'appareil et choisit un disque.

Billie eut la sensation que la nonne lui regardait surtout les fesses. Exemple typique d'opportunisme de la chair.

— Puis-je offrir un verre de schnaps à madame ? demanda-t-il, d'une voix complètement différente de celle avec laquelle il avait posé des questions par le passé – pour autant que Billie le sache.

La nonne sourit jusqu'aux oreilles.

— Ce serait excellentissime, merveilleusement…

Elle n'avait pas d'autre mot en stock pour exprimer une joie intense. Glissant de sa chaise, Billie se précipita hors de la salle à manger. Cette compagnie pourtant intéressante avait pris une mauvaise direction. De la musique et du schnaps. Elle sortit derrière la maison. Ne connaissant les adultes que trop bien, elle savait pertinemment qu'il ne fallait pas s'attendre à dîner ce soir, mais si dîner il y avait, elle mangerait comme un malotru. Comment mangent les malotrus ? Ils bavent, ils mâchent la bouche ouverte, ils tirent la langue sans avoir fini leur bouche, ils écarquillent les yeux, recrachent leur nourriture dans l'assiette, ruminent, sirotent bruyamment, mâchonnent, graissent leur couteau avec la langue et donnent des petits coups de fourchette dans leurs dents. Billie se plaça devant la baie vitrée du salon. Le visage de Rafael faisait face au jardin. La nonne avait le dos tourné. Ils avaient l'air plongés dans une intense conversation. Billie tira la langue. Rafael le vit, mais il fit semblant de ne pas avoir remarqué. Elle grimaça. Enfonça les pouces dans ses oreilles et remua les autres doigts en tirant de nouveau la langue. Fit un doigt d'honneur. Descendit dans le pré et s'allongea dans le creux où l'on était invisible. Avant même l'heure du dîner, elle vit les occupants du salon danser.

XXXVII

— J'aimerais beaucoup être avec toi, mais je ne peux pas car je suis une nonne. Je ne tromperai jamais Jésus, ni son père ni sa mère.

— Si j'étais un soldat, je pourrais te violer, ma sœur.

— Non, mon amour, les soldats n'ont pas le droit de poser leurs mains sur une nonne. Cela fait partie des lois tacites entre les autorités militaires et le Vatican. Il faut tracer une limite quelque part.

— Qu'est-ce qui dit qu'une nonne est une nonne ? Ne pourrait-il pas s'agir d'une espionne déguisée ?

— Assurément, assurément, mon amour. Tout est possible. Et tu pourrais bien être un criminel de guerre portant un déguisement de fermier.

— Et les putes, ne s'habillent-elles pas en nonnes dans les bordels ?

— Morbleu ! Ne parle pas ainsi, jeune homme.

— Ma sœur, tu n'es pas beaucoup plus âgée que moi.

— Je ne te dirai jamais quel âge j'ai, mon amour, même si tu m'offrais un million.

— J'ai envie de toi.

— J'ai envie de toi aussi. Ce qui signifie que je devrai faire de nombreuses prières en plus chaque matin ces prochaines semaines. Jamais je n'ai éprouvé un tel choc depuis que je suis devenue nonne : que mon corps soit attiré de la sorte par un compagnon de route, oui, un parfait inconnu, mon amour. J'ai renoncé à vivre l'amour tel que le vit le commun des mortels et tu sais quoi, mon amour, en dépit de ce qu'ont pu me dire mes amis à l'époque, je suis comblée. L'abstinence sexuelle soigne la dépression. Je ne me suis jamais sentie aussi bien que depuis que je… tu vois ce que je veux dire, mon amour.

— Agnes Elisabet, Agnes Elisabet Karmela, j'ai l'impression que nous nous sommes toujours connus, ma sœur.

— Moi aussi. Peut-être dans une ancienne vie.

— Une nonne a-t-elle le droit de croire en la réincarnation ?

— Non. Mais je crois ce que bon me semble lorsqu'on ne me dit pas quoi croire.

— *I like the spirit, nanny babe.*

— Embrasse-moi, fermier. Un baiser, et c'est tout, on oublie ce qui s'est passé.

— Très bien, ma sœur. Je t'embrasse avec joie et désir.

— C'était un merveilleux baiser, mon amour. Tu n'es pas d'accord, mon doux ami ?

— Si, le meilleur.

— Voilà, j'ai trahi Dieu, Jésus et Marie, moi l'esclave personnifiée. Embrasse-moi encore, mon doux ami.

— Tu es la fiancée de ma vie.

— Je suis la fiancée du ciel. Embrasse-moi encore, mon doux ami.

XXXVIII

— Mon amour, puis-je te jouer une chanson profondément profondément profondément triste que ma sœur de foi, la mère supérieure du couvent, a composée quatorze jours avant de se suicider ?

— Une nonne peut se suicider ?

— Une nonne peut tout faire. Puis-je te la jouer, mon amour ?

— Pourquoi la mère supérieure s'est-elle suicidée ?

— Mon amour, pourquoi le soleil brille-t-il ? As-tu la réponse ?

— Parce que sans lui, la vie n'est pas possible.

— Le suicide est une bonne solution pour qui a abandonné l'idée qu'on remarque son existence. Donne-moi la guitare, mon amour. Ça te dérange si je me déshabille complètement pour jouer ? J'adore être nue avec une guitare dans les bras. C'est si bon, de jouer nue. La meilleure sensation que je connaisse. Mais toi, tu n'as pas le droit d'ôter tes vêtements. Celui qui écoute ne doit pas être nu. Seul l'interprète peut l'être. Je n'ai pas retiré cette robe depuis que je suis devenue nonne, si ce n'est dans la solitude la plus totale, sans que personne ne me voie. Et je ne peux pas me plaindre de la présence de caméras de surveillance dans le couvent. Ne me regarde pas, bien que je sois nue.

— Je ne te regarde pas, ma sœur.

— Quand on croise le chemin d'une ferme, on a envie d'être complètement nu comme les animaux. C'est une excellente guitare. Elle est à toi, mon amour ?

— J'aimerais que ce soit le cas, ainsi je pourrais te l'offrir, mais malheureusement non.

— Je ne pourrais jamais l'accepter, mais peu importe. Voici le chant de la mère supérieure quatorze jours avant son suicide.

— Quatorze jours ?

— Quatorze jours. Écoute bien ce qu'elle avait à nous dire, à nous ses compagnons de route, car personne ne l'a écoutée avant sa mort. Le chant de la mère supérieure.

Eh, petit mouton, tu te crois bon
Si bon que tu n'as pas besoin de cacher ta peau de loup
Sais-tu que tu es comme nous tous
En route vers l'abattoir
En route vers l'abattoir
En route vers l'abattoir
Mon doux petit agneau, oh baby yeaaah –

Trop en savoir est un pas de plus
Vers le cercueil de velours – son oreiller rouge sang
Ne rien savoir nous mène droit à l'asile des débiles – oh baby yeaaah
Peut-être mieux
Peut-être mieux
Peut-être mieux
Que la vie ici-bas, oh, baby juicy juicy, fuck it right, yeaaah –

Efface la moitié de mes facultés
Pour que je puisse m'intégrer – sinon, je reste dehors
Il faut cacher les conclusions
Il faut cacher les conclusions
Sinon je serai seule sur mon radeau
Seule sur mon radeau
Épouvantail amer et maussade, oooooh yeaaaaaaah –

Embrasser des hommes, trimer pour une vie amoureuse
Je me sens comme une enfant attardée
Me laisse porter par les métros de la ville
Ligne rouge, ligne bleue, yeaaah
Douce et bonne
Calme et polie
Juicy et mièvre – kiss kiss
Ligne rouge, ligne bleue, fuck it baby, fuck it, yeaaah –

La vie humaine est une parodie de la vie qui l'a précédée
Elle-même parodie de la vie qui l'a précédée

Avec l'aide de la rébellion et de l'oubli
Rien n'est authentique, baby
Rien n'est authentique, baby
Seuls les diamants sont authentiques, baby
Les diamants brillent plus vrai que tes yeux

Oh, baby, prends-moi – p-a-a-a-s
Je suis lost forever forever forever
Oh, baby, fuck it right, yeaaah

Agnes Elisabet jouait fort sur sa guitare, et elle termina la chanson par un riff abrupt. Un vrai final de rock. Puis elle dit : « Mon très cher ami, voilà ce que ça donnait. » Rafael applaudit : « La dépression au sommet de son art, vraiment, baby. » Ils s'embrassèrent.

XXXIX

Rafael faisait cuire des œufs lorsque Billie descendit, les yeux encore à peine ouverts. Le salon était parsemé de cannettes de bière, de bouteilles vides de whisky et de schnaps, de verres sales, de tasses et de cendriers pleins à ras bord. Des disques et leurs pochettes jonchaient le sol. Les Barbie et les poupées de papier avaient atterri sur le fauteuil à bascule. La guitare sur la table. Son étui à carreaux sous le canapé. Billie interrogea Rafael au sujet d'Agnes Elisabet. Elle était partie. Où ? À la ville.

— Tu l'as tuée ?

— Non.

— Tu le promets ?

— Croix de bois, croix de fer.

Dans la maison, aucune trace de sang, et l'odeur ne suggérait pas un ménage récent. Il avait pu l'étrangler. Glissant les pieds dans ses baskets roses, Billie sortit et fit le tour de la maison en chemise de nuit. Le ciel était lourd mais lascif. Les imposants nuages, boudeurs, dégageaient sérénité et dédain à parts égales. La tempête et la pluie attendaient le signal. Billie rentra juste à temps. Rafael posa la cafetière et deux assiettes d'œufs au plat sur la table. Elle se précipita dans le salon et remarqua que le tissu du canapé était froissé. Elle l'observa de plus près. « Qu'est-ce qui te fait croire que j'aurais pu tuer une nonne ? » demanda Rafael, son visage apparaissant derrière la verrière entre la cuisine et le salon. Elle pointa du doigt les Barbie restées sur le fauteuil à bascule :

— Tu as essayé de t'attirer les faveurs de la nonne en lui montrant les Barbie et les poupées en papier pour qu'elle sache que tu es un homme bien ?

— En quelque sorte.

— Quelle mièvrerie.

— Viens manger, fanfaronne, dit-il, et elle s'assit à table avec lui.

— Tu as mal à la tête ?

— Pas le moins du monde.

— Parce que tu t'es envoyé en l'air cette nuit ?

— Chut, morbleu ! Qu'est-ce que c'est que ce langage ?

— C'est la nonne qui t'a appris à dire « morbleu » ?

— Non, j'ai toujours connu ce mot. Arrête de jouer à la plus maligne et mange.

Assise avec un plaid autour des épaules dans le fauteuil à bascule, Billie ne bougea pas le petit doigt pendant que Rafael remettait de l'ordre. La pluie glissait sur la baie vitrée du salon et arrosait de trombes la mare, la combinaison de peinture suspendue sur la tête du garçon qui faisait pipi, la Barbie Gugga, la vache, les tombes et le jardin potager. Elle résonnait sur le toit en verre de la serre, s'écoulait le long des feuilles d'arbres, faisait plop plop plop dans les bottes restées sur les dalles à l'entrée de la serre, décrivait des spirales dans les rosiers devant la porte-fenêtre, comme des vers se sectionnant en plusieurs petits wagons de gouttes d'eau. Rafael ramassa les disques pour gramophone, ainsi que la nonne les avait appelés, il retrouva les pochettes correspondantes, les classa et les aligna sur l'étagère à disques. Les cadavres finirent dans un sac poubelle noir – ainsi Abraham appelait-il les cannettes de bière et bouteilles de gnôle vides. Les verres et tasses sales, dans le lave-vaisselle. Il passa l'aspirateur et Billie resta parfaitement immobile dans le fauteuil à bascule pendant qu'il faisait le ménage autour d'elle. Ensuite, il frotta le sol. Elle demeura figée tandis qu'il déplaçait tant bien que mal son fauteuil. Malin, de passer l'aspirateur et la serpillière et de faire la vaisselle alors qu'il pleut. Le vent balaie et aspire. La pluie lave. Le vent sèche et aère. Ce n'est pas plus compliqué que cela. L'automne met l'été au congélateur et le printemps l'en ressort. Le soleil est un four d'excellente qualité et un lustre efficace. La lune, une lampe de poche. L'hiver, tout se fige comme quand on joue à un, deux, trois, soleil. Au printemps, les membres engourdis commencent à craquer, et les choses se mettent en marche, lentement mais sûrement, jusqu'à ce qu'un beau jour, tous les détails de la création dansent les uns avec les autres. Pour l'heure, c'était la danse du ménage. Le vent et la pluie regrettaient-ils quelque chose ?

XL

— Elle était marrante, la nonne ?

— Les nonnes sont marrantes parce qu'elles sont libres, comme Marius.

— Marius n'était pas spécialement marrant, même s'il était gentil.

— Mais, au moins, les nonnes sont marrantes parce qu'elles ne connaissent pas les querelles de clocher.

— C'était peut-être une espionne ou un agent des impôts ?

— Si c'était le cas, je serais dans de beaux draps.

— C'était une femme, au moins ?

— Oui.

— Comment tu le sais ?

— Je le sais, c'est tout.

— Tu l'as embrassée ?

— C'est une femme, je peux le garantir, polissonne.

— C'est la première fois que tu m'appelles polissonne. C'est la nonne qui t'a dit de dire ça ?

— Bien sûr que non. Je connais des tas de mots, bien que je sois un soldat.

— Quand va-t-elle revenir ?

— Elle ne reviendra pas.

— Comment le sais-tu ?

— Elle m'a dit : « Je te fais mes adieux pour toujours, mon cher ami. Si l'on se recroise un jour, ce sera par pure coïncidence. »

— Elle a vraiment dit ça ?

— Oui.

— Waouh. Dur.

— Elle doit se rendre en ville. Pour acheter un ordinateur.

— Tu ne parles plus pareil depuis son départ. Elle a profité de t'embrasser pour glisser de nouveaux mots dans ta bouche ?

— Il faut utiliser le langage, Billie. Il contient des milliers de mots. Même si on aime porter les mêmes vêtements la plupart du temps, cela fait du bien de se changer parfois.

— Ne t'excuse pas.

— Je ne suis pas en train de m'excuser.

— Elle avait un imperméable avec elle ?

— Non, je ne crois pas.

— Tu n'as pas proposé de la conduire ?

— Si, mais elle a refusé. Elle n'a pas le droit de monter dans une voiture. Elle doit faire tous ses déplacements à pied. Ordre de là-haut.

— De l'au-delà ?

— La marche est sa punition, pour une faute dont elle n'a pas voulu me parler. Par ailleurs, il ne reste plus beaucoup d'essence dans la voiture, rappelle-toi. Je faisais une proposition que je n'aurais pas pu tenir.

— On ne doit jamais faire preuve d'avarice envers son amour.

— Agnes Elisabet n'est pas mon amour, Billie.

— Bien sûr que si.

— Non. Je suis un soldat. C'est une nonne. Je suis un ancien soldat. C'est une nonne au présent et à jamais soumise à la sainte trinité.

— Elle compte faire tout le chemin du retour avec son ordinateur sous le bras ? À pied ? Admettons qu'il pleuve tout le temps. Tout le temps tout le temps tout le temps à partir de maintenant. Il pourrait même y avoir une inondation. Et elle ne porte pas de bottes. Elle n'a pas d'imperméable, puisqu'elle n'avait pas le moindre bagage, rappelle-toi, aucun bagage.

— Peut-être qu'elle fera livrer l'ordinateur.

— Pourquoi ne pas l'avoir commandé par téléphone, dans ce cas ?

— Peut-être qu'elle a besoin de retirer de l'argent à la banque.

— Pourquoi elle ne repasse pas par ici sur le chemin du retour, pour un café et un verre de schnaps, des crêpes et quelques baisers ?

— Elle a fait un détour en apercevant cette belle vallée. Je peux le comprendre. C'est l'une des plus belles vallées au monde.

— Je crois que tu t'es laissé mener en bateau.

— Non, Billie. Quand un homme veut arrêter de tuer, il faut qu'il apprenne à faire confiance.

— Tu lui as donné à manger ?

— Tout un tas de choses.

— Comme quoi ?

— Des œufs durs, des tomates, des carottes, du chou et du pain de seigle.

— Vous aviez le cœur brisé au moment de vous dire au revoir ?

— Non.

— Comment vous étiez ?

— Plutôt silencieux.

— Vous vous êtes embrassés ?

— Oui. Comme les gens le font lorsqu'ils se disent au revoir.

— Vous avez pleuré ?

— Moi oui, un peu.

— Tu es sérieux ?

— Oui, Billie. Cela faisait longtemps que je n'avais pas pleuré. J'avais l'impression d'avoir rencontré ma sœur.

— Et moi ? Je suis comme ta sœur ?

— Je ne sais pas.

— Je suis comment ?

— Je ne sais pas.

— Elle ne t'a pas posé de questions à mon sujet ? Elle ne t'a pas demandé qui j'étais ? Si j'étais ta fille ?

— Elle m'a demandé si j'étais ton frère.

— Et tu as répondu quoi ?

— Que oui, j'étais ton frère. Puis elle m'a posé tout un tas de questions auxquelles je ne pouvais pas répondre sans me trahir.

— Pourquoi tu ne lui as pas dit la vérité ?

— Parce que, si je l'avais fait, j'aurais dû la tuer. On ne tue pas une nonne. Jamais je n'aurais pu le justifier devant un tribunal, et je ne te parle même pas de ma conscience.

— Pourquoi tu n'essaies pas de dire la vérité et de *ne pas* tuer la personne ensuite ?

— Peut-être.

— Si tu la recroises un jour ?

— Dans ce cas, je lui dirai la vérité.

— Promis ?

— Oui.

— Pourquoi tu ne l'as pas violée ?

— Épargne-moi ce genre de questions, petite.

— Comment tu te sens dans ta tête ?

— Excellemment bien.

— C'est la nonne qui t'a appris à dire excellemment ?

— Arrête, Billie.

— Est-ce que tu te sens e-x-c-e-l-l-e-m-m-e-n-t bien dans ta tête parce qu'elle t'a laissé lui grimper dessus ?

— Qu'est-ce que c'est que cette manière de parler ? Veux-tu bien tenir ta langue ?

— Vous avez peut-être fait une séance de prières ?

— Je vais attraper un mal de crâne si tu continues.

Billie se mit à sangloter. Rafael la prit dans ses bras

et s'assit avec elle dans le canapé.

— Là, là, ma grande.

— Je ne suis pas grande.

— Là, là, ma petite fille qui a tant de chagrin.

— Tu as pris une douche ce matin ?

— Hmm.

— Tu n'en as pas pris hier matin. Pourquoi tu en as pris une ce matin ?

— Je me douche lorsque j'ai bu de l'alcool et que j'ai fumé beaucoup de clopes.

— Tu te douches aussi quand tu as tué quelqu'un, rappelle-toi.

— Billie, je n'ai pas tué la nonne, promis.

— Même pas en étant saoul ?

— Non.

— Et tu n'as pas pu avoir un trou noir à cause de l'alcool ?

Fatigué de sa bonne mémoire, Abraham utilisait les trous noirs pour la reposer pendant de longues périodes. Soffia avait aussi fait un trou noir une fois avec ses copines lors d'un séjour en camping. Les trois premières années de sa vie, Billie les avait vécues dans un trou noir, et beaucoup de gens terminaient la leur ainsi. Le début et la fin lovés dans un état d'amnésie. Pauvre Soffia, pauvre Abraham. Pauvre d'eux.

— Non, je n'ai pas eu de trou noir.

— Mais tu lui as grimpé dessus ?

Rafael lui effleura le bout du nez.

— Non, je ne lui ai pas grimpé dessus, mon petit bec sucré.

— Elle t'a demandé ton nom ?

— Je ne m'en souviens pas. Je ne crois pas. Je ne saurais pas te dire.

— Non, en effet. Elle n'a jamais demandé comment on s'appelait. Elle s'est juste présentée formellement, sans nous retourner la question. Comme si elle ne voulait pas connaître le nom de l'homme qu'elle embrassait.

Les yeux de Billie s'asséchèrent. Elle les plissa pour mieux se concentrer sur sa réflexion.

— C'est suspect. En voiture, skipper.

XLI

Au croisement entre le chemin de terre partant de la ferme et la nationale numéro treize, on pouvait choisir deux directions, comme mentionné précédemment. La route à droite se divisait en deux au fond de la vallée : d'un côté elle s'achevait sur la rive du lac, de l'autre elle léchait le pied des montagnes pour finir dans une prairie tout près de ruines antiques. À partir de ce point, un sentier piéton longeait les versants à l'est et un chemin à peine discernable traversait une succession de collines ainsi qu'un pré bosselé pour revenir vers la ferme. La voiture orange tourna à gauche, et la nationale s'éleva au sud-ouest vers l'entrée de la vallée, à laquelle succédait la Lande infinie, où le soleil se mit à briller. Rafael tenait le volant avec assurance, vêtu d'un T-shirt blanc, une bague ornée d'une tête de lion à son doigt, enfilée juste avant de se mettre en route. Billie portait sa casquette rose, celle qui appartenait autrefois à Marius, et à présent le moment était venu de sortir ses lunettes de soleil.

— Si c'est une espionne, je dois la tuer. Ce sont les ordres du commandement, dit Rafael, les yeux fixés sur la route, ému.

— Tu peux peut-être l'arrêter et lui soutirer des informations importantes ?

— C'est difficile de tuer son amour, Billie, et l'arrêter ne l'est pas moins.

Billie avait beau porter un mystérieux intérêt, quoique irrégulier, aux amours des autres, cette phrase était un peu trop mièvre à son goût. Ce que les gens – qui pétaient en moyenne cinq cents fois par an – pouvaient sortir comme mièvreries ! Elle retira sa casquette, leva une fesse et laissa échapper un pet. Malheureusement, il n'émit pas le moindre son. Elle mordit dans la casquette de Marius.

Soffia, arrête un peu avec ton romantisme, *baby*, et cesse de te comporter comme un animal. Fais marcher ton cerveau, telle une *sophisticated lady*. Aux autres de multiplier l'espèce humaine. Bien que ton corps soit beau et possède un certain pouvoir d'attraction, cela ne durera pas. La grand-mère de Billie pointa du doigt sa grosse tête pour illustrer son propos : Ça, c'est beaucoup plus durable, ça tiendra un chouïa la distance. Il faut avoir l'esprit pratique, l'esprit pratique, *baby*. Chaque jour compte, *baby*. Il vaut mieux faire confiance à sa caboche qu'à son corps. Ma petite

Soffia, laisse la raison te guider. Cet homme que tu as épousé ne fait que te ralentir. La vie est courte, tu t'en rendras compte quand tu approcheras la quarantaine. Je ne parle même pas de la cinquantaine. Tu perds ton temps, ma fille adorée. *Pretty baby.*

Je ne perds pas mon temps, Maman, répliqua Soffia, plus élégante que jamais sur son fauteuil digne d'un trône royal, avec ses cheveux remontés et son joli maquillage. Billie, vêtue d'une robe du dimanche, était installée dans un canapé moelleux de princesse avec sa Barbie Gugga dans une tenue identique – c'était Soffia qui avait trouvé cette robe et demandé à un tailleur d'en réaliser une assortie pour la poupée, afin de venir prendre le thé chez la grand-mère de Billie.

On ne perd pas son temps comme on gaspille de l'argent. Le temps, ce n'est pas de l'argent, Maman.

La grand-mère remplit les tasses avant de sourire à sa petite-fille.

Puisque c'est ainsi, perds donc ton temps, *babe*. Perdons tous notre temps et buvons encore un peu de thé. Excuse-moi, ma petite chérie à sa grand-mère. Les mamies doivent parfois gronder les mamans. Ta mamie a du mal à cesser d'être la maman de ta maman. Surtout parce que ta maman est si indépendante et folle d'amour pour les hommes.

Sa mère but une gorgée de thé.

Pourquoi tu es si snob, Maman ?

Le snobisme nous protège, Soffia, ma petite fleur de miel. C'est aussi simple que ça. Il y a dans le monde des gens bien et des gens mauvais. Le snobisme nous protège des gens.

C'est une amusante manière de voir les choses, Maman, quelle justification amusante et admirable !

Oui, et concernant le sexe, Soffia *babe*, on expérimente pendant qu'on s'amuse à l'université ; après... après, le sérieux de la vie doit prendre le relais. L'ambition. La carrière. La science. *You see, babe.*

Maman, on ne peut pas changer de sujet ? Il y a une enfant avec nous.

Je veux que les enfants entendent ce que j'ai à dire, mon petit beurrier, ma fleur de miel. On ne peut pas vivre pour le sexe comme tu le fais – la passion, les sentiments, le fun. Tu peux faire l'amour et t'amuser à ta guise pendant les vacances d'été. Et prendre les choses en main le reste de l'année, tu vois ce que je veux dire. Mon trésor. Je te l'ai dit et répété m-i-l-l-e fois. Mais tu ne m'écoutes pas, et ça me désole. Que tu n'aies jamais écouté ni intégré les messages de ta mère si lasse et fatiguée. Une fille doit écouter sa mère, mon sucrier. Cela va sans dire. J'ai parcouru ce même chemin avant toi. Quoi qu'il en soit, encore deux ou trois ans, et tu quitteras cet homme.

C'est le père de Billie, Maman. Il est le père de ma fille, Maman.

Oui, oui. Et moi, je suis sa grand-mère. J'ai le droit de dire ce qu'il faut dire, ma fleur en sucre. Tu vas le quitter, et ensuite ? Tu ne réfléchis jamais aux conséquences avant d'agir et de prendre ces folles décisions qui te caractérisent.

Maman, s'il te plaît, tu veux bien cesser de parler de ça ?

Soffia se moucha avec sa serviette en papier bleue, qui devait en premier lieu lui servir à s'essuyer les lèvres. Sur la table se trouvait un gâteau au beurre recouvert de glaçage rose sur une assiette dorée, dont on avait coupé une part que personne ne mangerait jamais – jamais jamais jamais de la vie. Billie grimpa sur les genoux de sa mère.

Que vas-tu faire de ta fille, Soffia *babe* ? Ma grande fille si maligne ?

On peut parler de quelque chose d'amusant, Maman ?

Soffia s'essuya les yeux avec la serviette en papier, illustrée d'un daim et d'un ange.

Comme quoi, Soffia ? Trouve-nous donc un sujet amusant, mon brin de miel. Quelque chose de délicieusement divertissant qui nous mettra de bonne humeur. Ce ne serait pas du luxe.

Soffia posa Billie par terre :

Billie, mon amour, cours chercher ton manteau. On s'en va. Tu trouves peut-être que ma fille n'est pas assez bien pour toi, parce que c'est l'enfant d'un homme qui sort des sentiers battus ? Elle ne mérite peut-être pas de boire le thé avec toi ? Pas besoin de prendre des pincettes, de soigner son langage en sa présence, comme tu le ferais si elle n'était pas la fille d'Abraham.

Qu'est-ce que tu racontes, *baby* ? Tu crois vraiment que je n'aime pas ma petite-fille ? Tu ne m'as donc pas écoutée, *baby* ?

La grand-mère de Billie se leva. Soffia resta assise sur son fauteuil, la tête baissée, comme si elle s'attendait à ce que sa mère la frappe.

J'ai dit ça pour m'en assurer, Maman, pour pouvoir éliminer le moindre doute.

Viens, Soffia. Soyons amies, *babe*. Viens dans mes bras, ma fleur en sucre.

Son beau manteau entre les mains, Billie habilla Gugga d'un modèle identique et enroula une écharpe en laine rouge autour du cou de la poupée. Sa grand-mère et sa mère tombèrent dans les bras l'une de l'autre en sanglotant. La prochaine fois que Soffia appellerait au téléphone qui n'osait plus sonner, Billie lui demanderait :

Maman, est-ce que c'est vrai que j'aurais mieux fait d'être une tache sur les draps ?

Cette expression, elle l'avait apprise auprès d'enfants dont elle tairait le nom.

Mais non, c'était une question trop triste pour une mère sensible ayant la larme facile.

Billie, il n'y a rien qui cloche chez toi. Combien de fois dois-je te le répéter ? Ne serais-je pas la première à le remarquer, étant médecin ?

Peut-être, Maman, que tu te caches cette information à toi-même ? N'est-ce pas ce qu'on appelle le déni ?

Soffia ne supportait pas d'entendre de tels propos, ses yeux se gonflaient de larmes :

Je n'ai pas été une bonne mère.

Tu es la meilleure mère au monde, Maman.

Tu dis ça pour me consoler, parce que tu es une gentille petite fille, mais plus tard ce sont les autres qui devront te consoler, à cause de moi, oh Dieu tout-puissant, mon cœur se brise. Comment puis-je réparer mes fautes ?

Quelles fautes, Maman ?

De t'avoir donné naissance dans ce monde étrange.

Quel monde étrange, Maman ?

Où les gens se montent sans cesse les uns contre les autres. Où les détails sont plus importants que l'essentiel.

Quels détails, Maman ? Quels détails ?

Des détails comme les origines familiales. Notre lieu de naissance. La somme d'argent sur notre compte bancaire.

Maman, je suis contente d'être née. Ça me plaît, d'exister.

Ma chérie.

Soffia serra sa fille contre elle :

J'aimerais tant que le monde soit aussi beau de l'intérieur qu'il l'est de l'extérieur.

Abraham avait expliqué à Billie la tristesse de Soffia ainsi que ses crises de larmes :

Ta maman, chut, ne lui dis pas que je t'ai raconté ça, mais ta maman, chut… Abraham avait posé un doigt sur ses lèvres. Elle souffre parfois de dépression. Cela peut être difficile à vivre pour ses proches, mais je m'estime chanceux, car si elle n'était pas dépressive, elle ne serait jamais tombée amoureuse d'un homme comme moi.

C'était l'explication la plus bizarroïdo-bizarre, la plus incompréhensible que Billie avait jamais entendue. Si c'était vrai, elle pouvait remercier la dépression pour sa venue au monde. Et pour sa rencontre avec l'ancien danseur étoile Marius, à présent mort. Après la Lande infinie, le Col sans fin accueillit la route nationale en son sein, qui faisait penser à quelque chose entre une spirale et un côlon.

— Tu sais, plus j'y réfléchis, Billie, encore et encore et encore, plus je me dis que j'ai confiance en Agnes Elisabet Karmela, à cent pour cent. Je n'ai cessé de retourner la question dans ma tête sur cette lande, le *pro* et le *contra*, le pour et le contre, espionne, nonne, nonne, espionne, non, non, non, ça ne marche pas, Agnes Elisabet Karmela est une femme honnête.

— À la manière dont tu prononces son nom, je sens que tu l'aimes, dit Billie, haussant légèrement la voix pour se faire entendre par-dessus le tintamarre de la voiture. Tu le prononces de la même manière que Marius disait « Maria ». Avec révérence.

— Vraiment ? Exactement de la même manière, Billie ?

— Redis son nom, je vais t'écouter attentivement et vérifier.

— Agnes Elisabet Karmela.

— Oui. Exactement pareil.

Rafael eut soudain l'air fier, heureux et un peu fanfaron.

— Tu dois lui dire que tu l'aimes et lui demander

sa main. Ce genre de choses n'arrive qu'une ou deux fois dans une vie – une phrase de Soffia –, tu as enfin rencontré quelqu'un qui a libéré ton cœur du sortilège du meurtrier.

— Elle est complètement différente de toutes ces filles que j'ai connues. Je lui fais confiance. Je pourrais lui confier mon corps entier, dit Rafael, tenant fermement le volant entre ses mains.

XLII

Rafael pointa du doigt le tableau de bord :

— Billie, tu te rappelles que je t'ai appris ce qu'était le compteur de vitesse l'autre jour ; regarde, ça, c'est la jauge d'essence. Là, l'aiguille indique que le réservoir est vide. Ici, qu'il est plein. Si l'aiguille est au milieu de la jauge, cela signifie que le réservoir est à moitié plein. Tu peux faire le calcul toute seule.

— On ne peut pas penser à tout, dit Billie.

Elle se mit à grignoter sa casquette, inondant le tissu de bave, qu'elle aspira aussitôt.

— Tu es une compagne de route agréable, Billie. J'ai voyagé avec pas mal de gens. Ils étaient tous ennuyeux à mourir. Mais avec toi, c'est un vrai plaisir. C'est agréable, de se taire en ta compagnie.

Oh là lààà, voilà que le soldat redevenait mièvre. Son tout nouveau tout beau mécanisme de défense personnel. Une défense contre les meurtres.

— À ton avis, tu crois que je suis attardée ?

Elle voulait dévier la conversation vers un terrain plus plaisant, mais Rafael désigna une lumière rouge qui clignotait sur le tableau de bord, expliquant qu'il s'agissait du voyant relié au réservoir. Elle n'avait aucune envie de s'inquiéter pour le stock de carburant de l'armée. Il y avait sûrement des gens pour occuper cette fonction au quartier général. Elle laissa à nouveau échapper un filet de bave dans sa casquette, et à nouveau elle l'aspira.

— Un jour, alors que nous avions enfin obtenu une permission de sortie, deux de mes camarades et moi sommes allés visiter l'une des plus belles églises du monde. Elle comportait un nombre incalculable de clochers, hauts de plus de soixante-dix étages. Nous les avons tous montés et descendus à pied. Nous ne voulions pas utiliser les ascenseurs, et nous n'en avions pas besoin, car les militaires suivent un entraînement physique rigoureux. C'était un bon test d'endurance pendant notre congé. Les autres visiteurs qui se trouvaient dans l'église ce jour-là s'étonnaient de la présence de trois soldats pacifistes avec eux. Un couple nous a même gratifiés d'une moue réprobatrice. Comme si nous n'avions pas le droit d'être là, à moins d'obéir à une mission spécifique. Peut-être auraient-ils accepté notre présence si nous avions pris possession de l'église et pointé nos armes sur eux. Les gens sont étranges. Comme si des soldats ne pouvaient pas prendre de vacances. La population civile se méprend complètement sur le rôle des soldats au sein de la société. Ils ne nous croient capables que de tuer ou de bombarder. Nous ne tuons jamais de gaieté de cœur, que par stricte nécessité ; entre-temps, nous effectuons toutes sortes de tâches, et il nous arrive de prendre des congés pour aller visiter des églises ou autres trésors culturels. J'aimerais beaucoup t'inviter à visiter cette église, Billie, mais dans ce cas nous utiliserons les ascenseurs.

Au bout du Col sans fin, après quelque deux cents kilomètres de route, apparut le premier panneau. À gauche, il indiquait la ville, située à neuf cents kilomètres, neuf cents kilomètres à parcourir pour découvrir les histoires qu'elle recelait. Un chemin sinueux et escarpé était également dessiné sur le panneau. Devant eux s'étendait une série de falaises abruptes. S'ils regardaient derrière eux, aucun panneau n'indiquait le Col sans fin, ni la lande qui lui succédait, ni la vallée au-delà. Ni le refuge des Enfants de la Forêt aux rennes. Mademoiselle Agnes Elisabet Karmela devait posséder le record olympique de marche rapide si elle était parvenue à traverser toute une lande et un interminable col en si peu de temps, depuis qu'elle avait quitté la ferme aux premières heures de l'aube. Ivre, n'ayant pas fermé l'œil de la nuit, et transportant son lot de provisions. À côté du panneau, les ouvriers de la voirie avaient réussi à construire un petit parking pouvant accueillir tout au plus un camion et demi. Rafael y gara la voiture orange qui, vue d'en bas, depuis la Vallée éternelle, devait parfaitement se fondre dans le décor, ainsi juchée sur les falaises. Les deux passagers sortirent. À leurs pieds s'étendait la vallée, connue pour son église, son cimetière, sa station-service, son épicerie, ses élevages porcins, son golf et ses plaines herbeuses qui couvraient quatre-vingt-dix degrés dans un rayon d'environ cinquante kilomètres, le reste du cercle étant occupé par les montagnes et le ciel. Billie enfonça sa casquette sur sa tête et porta les jumelles vert armée à ses yeux. Elle discernait une bicoque et une cuve à pétrole, pas la moindre trace d'une nonne. Des planches de bois étaient clouées devant les fenêtres de la bicoque, et la porte, barrée de bande adhésive, était verrouillée par un loquet. Le soleil de l'après-midi scintillait en un milliontrillion de bris de verre sur le parking de la station-service. La cuve à pétrole était elle aussi scellée. Pas d'animal, pas de voiture, mais un tracteur rouge gisait sur le flanc dans un creux de la taille d'un homme. Sur le golf abandonné, quelques drapeaux triangulaires flottaient encore en haut de leurs mâts. À neuf cents kilomètres des prochaines histoires. Nine hundred kilometers to the next story spot. Nuevecientos kilometros hasta los próximos cuentos. Ni hundrede kilometre i næster fortællinger. Neuf cents kilomètres. Billie tendit les jumelles à Rafael.

— Pas de nonne en vue. Elle se cache peut-être, dit-elle avec philosophie, déjà prête à affronter l'étape suivante de ce jeu amoureux du chat et de la souris. Si ce n'est pas une nonne, elle a dû entendre la voiture et courir se réfugier quelque part. Ou alors, elle a la phobie de l'engagement.

Elle avait entendu sa mère utiliser cette expression

à plusieurs reprises lors d'une de ses nombreuses conversations téléphoniques. Sa mère aimait autant le téléphone que son stéthoscope. Peut-être ressentait-elle un besoin impérieux d'avoir quelque chose dans les oreilles.

— Ou bien elle est simplement fidèle à sa promesse à Dieu, ajouta Billie.

— Elle a peut-être emprunté un autre chemin, directement à travers la montagne. Un sentier qu'on ne connaîtrait pas, fit remarquer Rafael en portant les jumelles à ses yeux.

Sur le parking de la station-service, dans la longue ombre de la bicoque, un homme regardait lui aussi à travers des jumelles, pointées dans la direction opposée. Peut-être fixait-il déjà Rafael lorsque celui-ci se jeta par terre et tira Billie avec lui.

— Tu n'as pas vu l'homme ?

— Quel homme ? Je n'ai vu personne. Quel homme ?

— L'homme de la station-service.

Rafael rampa jusqu'à la voiture, ouvrit le coffre et, sans se relever, revint avec trois tubes qu'il assembla pour en former un énorme dans lequel il glissa une épaisse douille. Billie attrapa les jumelles restées par terre.

— Mais Rafael… et si c'était Agnes Elisabet ?

— Tu ne vois pas que c'est un homme ? Ça n'a rien à voir avec elle. C'est clairement un homme.

— Qui sait si elle ne s'est pas changée et coupé les cheveux ?

— Ce n'est pas elle, Billie, je le sais. Ce n'est pas du tout le même corps.

— Et tu sais de quoi tu parles.

— Il faut faire exploser la station-service, je ne vois pas d'autre option. C'est une question de sécurité. De toute façon, les lieux ont déjà été vidés. Je ne fais que mettre le point final. Terminer ce que d'autres ont commencé.

Avec quelques rotations, Rafael bloqua la douille dans le tube, qu'il pointa en direction de la station-service, puis il brancha des fils et revérifia la cible avant de libérer le missile. À travers les jumelles, Billie vit l'homme – ou la nonne – s'enfuir en courant pour se cacher derrière une colline. Elle s'apprêtait à dire quelque chose lorsque la station-service explosa. Le grondement résonna partout dans la vallée et la terre ondula de haut en bas comme un corps qui reçoit un coup. Un chien noir traversa une prairie verte, tourna sur lui-même et coinça sa queue dans une clôture à demi effondrée. Impossible de discerner l'homme derrière la colline. La station-service gisait désormais au ras du sol. Une unique volute de fumée s'envolait vers le ciel dans une courbe évoquant un cil. Billie reposa les jumelles. Rafael démonta le tube.

— Ce n'était pas bien compliqué, dit-il.

— Il ne vaudrait pas mieux écrire une lettre à la nonne où tu lui demandes de t'épouser, et accrocher la lettre au panneau ?

Rafael frotta ses paumes l'une contre l'autre, comme on le fait après avoir lancé une bombe, en raison de l'indéfinissable poussière qui en résulte.

— Lui dire que tu l'aimes. Lui demander sa main et accrocher la lettre au panneau au cas où elle repasserait par ici plus tard.

Il rangea le tube dans le coffre de la voiture, ôta l'une de ses chaussures puis sa chaussette et tira un coup de mitraillette dans son orteil qui éclata en morceaux. Sur son visage, mille muscles se crispèrent. Il versa une rasade de whisky sur sa blessure puis remit sa chaussette.

— Tu ne vas pas le regretter toute ta vie si tu t'arrêtes là, et que tu ne lui écris pas une lettre ?

Rafael enfila sa chaussure, lui répondit non lorsqu'elle lui demanda s'il avait mal à la tête, puis il alla chercher de quoi écrire dans la boîte à gants, où Marius conservait toujours des stylos ou des crayons, un bloc-notes et un exemplaire de son livre préféré au cas où il aurait eu envie d'y jeter un coup d'œil lors de ses balades improvisées en voiture. Même s'il n'était jamais allé plus loin que le lac. Rafael s'allongea à côté de Billie sur la terre nue et écrivit la lettre suivante :

XLIII

Chère Mlle Agnes Elisabet Karmela, veux-tu m'épouser ?
Signé,

Un ancien soldat

Rafael ne voulait pas préciser son nom au cas où quelqu'un d'autre tomberait sur la lettre. Cela suffisait pour le moment. Il dit :

— Un pas à la fois, c'est plus sage. Jusqu'ici, j'ai plutôt eu la phobie de l'engagement, et on ne doit jamais agir dans la précipitation, n'est-ce pas ?

Billie relut la lettre encore et encore, savourant chaque mot. Après un petit temps de réflexion, elle ajouta son propre commentaire, venu tout droit du cœur :

> La soussignée confirme avoir été témoin qu'un ancien soldat a été touché par la flèche de Cupidon en te rencontrant, toi qui es une enfant de l'amour.
>
> Signé,
>
> B.A.S.

C'était amusant d'écrire une lettre allongée sur le ventre, cachée derrière un rocher, des brins d'herbe vous chatouillant les narines et le soleil de l'après-midi vous réchauffant le lobe d'une oreille. Elle jeta un œil en contrebas. La fumée s'était dissoute. Le chien s'était libéré de la clôture et avait lui aussi disparu. Pas une âme qui vive. L'ombre des montagnes s'étendait à présent sur la vallée entière. L'écriture de ces lettres avait retardé leur voyage, si l'on partait du principe qu'ils étaient pressés. Mais n'avaient-ils pas tout le temps du monde en attendant la prochaine attaque éclair, qui pouvait tomber à n'importe quel moment ?

Les deux compagnons de route accrochèrent une enveloppe portant les initiales A.E.K. sur le panneau indiquant la Vallée éternelle ainsi que l'itinéraire vers la ville, nine hundred kilometers, puis ils remontèrent d'un même geste à bord de la voiture. Pendant que Rafael quittait la place de parking, les muscles de ses bras gonflés comme ceux d'un véritable guerrier bataillant avec le volant, Billie s'enquit à nouveau de son mal de tête. « Je vais bien. C'est peut-être l'air de la montagne. » Il reprit le même chemin à travers le Col sans fin. Au milieu de la lande, Billie s'était endormie sur le siège passager, la casquette contre sa bouche, lorsque la voiture cala soudain.

— Tout ça pour l'amour, dit-elle en apprenant la panne d'essence à son réveil.

La nuit était tombée. Rafael frappa du poing contre le volant, lui rétorquant que l'amour rendait stupide.

— Tu ne regretteras pas ce voyage, répondit-elle, comme sa mère l'aurait formulé en bavardant avec ses collègues au téléphone :

Un beau jour, cela se retournera contre toi.

Il faudra en payer le prix dans une autre vie.

C'est le prix de l'amour.

Le blanchiment d'argent de l'âme finit toujours par éclater au grand jour, tiens-le-toi pour dit.

Qui sème le vent récolte la tempête.

L'amour déplace des montagnes et provoque des pannes d'essence.

La vérité paie.

Nous nous battons pour des gens qui ne savent pas

se défendre seuls.

Un gros caca boudin dans un pays de caca boudin.

Sortant de la voiture, Rafael se précipita côté passager où il ouvrit la portière à la volée avant de tirer Billie par le bras. Une attitude intolérable. Elle s'accrocha à sa casquette, sauta de nouveau dans la voiture et se colla au siège, mais alors il se mit à lui hurler dessus.

— C'est pas moi qui me suis entichée de cette nana ! lui cria Billie en retour.

Ça alors, c'est fou ce qu'elle connaissait comme mots étranges, comme phrases étranges, inventées par des zinzins pour des zinzins comme elle :

— Je suis zinzin.

— Sors de cette voiture immédiatement, tête de linotte.

— Zinzin.

— Quoi ?

— Appelle-moi zinzin, skipper. Je ne suis pas une tête de linotte. Je suis une zinzin, dit-elle avant d'ouvrir la boîte à gants pour attraper la Barbie Gugga et le livre préféré de Marius.

Puis elle sortit en prenant son temps. Comme une *lady* dans un *movie*. Elle s'étira – roooaaarrrr –, respira l'air frais de la nuit et regarda vers le ciel.

Les étoiles avaient commencé à briller. Coucou les étoiles. Le sommeil fraîchement tombé sur son corps comme un voile la protégeait du froid, mais pour éliminer toute trace de son passage dans la région, le soldat déserteur ou ex-soldat déserteur – sa véritable identité n'avait toujours pas été décidée – fit exploser la voiture avec tout son contenu en dehors de quelques sandwichs aux œufs, de sa couverture militaire, de sa veste militaire, de lui-même et de sa compagne de route qui mit la main devant ses yeux fatigués à moitié endormis. Dans le noir, la fumée ne se voyait pas, mais les flammes n'en brillaient que plus vivement. Elle avait les yeux pleins de suie et de poussière. Comme la nonne, ils reprirent la route à pied.

— Tu as reniflé les semelles de la nonne ? demanda Billie alors qu'ils marchaient depuis une quinzaine de minutes.

Elle s'allongea sur la route et s'endormit. Hmm, quel lit agréable. Et quelle couverture d'exception : une couette d'étoiles scintillantes. Et là, la lune, lampe de chevet, projecteur de poursuite.

— Quoi ? Qu'est-ce que tu as dit, Billie ?

Rafael étendit la couverture militaire sur elle, puis il s'assit à côté d'elle sur la route et mangea un sandwich aux œufs. Les étoiles leur envoyaient une pluie de rayons lumineux depuis la voûte céleste.

— Tu as reniflé les semelles de la nonne ? répéta Billie dans son sommeil.

Ayant rangé la casquette, le livre préféré de Marius, la poupée Gugga et les sandwichs restants dans les poches de sa veste, Rafael se releva, la prit dans ses bras et se remit à marcher.

— Pourquoi aurais-je reniflé les semelles de la nonne ?

— Pour vérifier si elle voyageait bien à pied. Peut-être cachait-elle un scooter. Ou un vélo, répondit Billie, toujours dans son sommeil.

— Hmm, intéressant.

— Peut-être qu'elle avait un cheval. Peut-être qu'elle est venue en cerf-volant. Ou en parachute. On ne sait jamais, avec ces nonnes.

— Peut-être que c'était un ange, ajouta Rafael.

On ne sait jamais, avec ces nonnes – de quel monde elles viennent, qui les envoie.

QUATRE

XLIV

Tandis que dans les arbres du jardin la moitié du feuillage avait jauni, Rafael se tenait dans la cuisine à midi tout juste passé, faisant sécher des feuilles de tabac dans le grille-pain vert. Il les écrasa ensuite dans le mortier et les étala sur une feuille entière séchée qu'il roula en forme de cigarette. Le stock de tabac confié par l'armée était épuisé, de même que le chocolat et le café, mais il restait encore des réserves de papier toilette, d'aliments déshydratés, de boîtes de conserve et d'antalgiques, pour ne citer qu'eux. Dans la serre, le caféier produisait de belles quantités de grains, et la plante à tabac était tout en fleurs. Rafael noua un fil autour de la feuille pour la maintenir fermée. Assise à la table de la cuisine, Billie portait le pull le plus épais qu'elle avait rapporté de chez elle, de couleur rouge. Elle l'avait enfilé par-dessus son pull jaune, et avait sous son jean les collants jaunes d'un autre enfant de la ferme. C'était si amusant de se glisser dans des collants, sans doute le vêtement le plus amusant qui soit. Elle dessinait une sirène jouant de la guitare, assise à côté d'une autre sirène qui donnait le sein à un bébé. Elle balançait ses jambes sous la table, sa queue-de-cheval oscillant plus que jamais, ce qui prouvait à quel point ses cheveux avaient poussé. Leur croissance ralentirait probablement avec l'hiver. Les cheveux ne pouvaient guère se comporter autrement que les autres choses qui poussent et elle avait tellement hâte que ce soit son anniversaire. De découvrir si Rafael s'en rendrait compte, même si elle ne lui en avait jamais donné la date. Armée d'un stylo rouge, elle cochait chaque journée dans le petit livre rouge tout au fond du panier en plastique rouge qui portait en lettres dorées l'inscription *Agenda*. Elle ne donnerait jamais sa date de naissance à Rafael sans qu'il lui pose la question. C'est le genre de choses qu'on ne fait pas spontanément avec les adultes, seulement avec les autres enfants. Près de l'évier de la cuisine se trouvaient une trentaine de pots de confiture fraîche, rouges, bleus et jaunes. La chaîne hi-fi allumée, un vieux disque marqué du nom d'Inga, la mère de Marius, tournait sur la platine, une musique idéale pour danser, volume au maximum, à fond les ballons, lorsque le portail s'ouvrit. En un instant, un troupeau entier de moutons et d'agneaux déjà grands remplit la cour et le jardin. Le berger se tenait près de la clôture, l'air heureux, probablement soulagé de regagner la civilisation humaine après un interminable été dans les montagnes à se perdre constamment, car il était connu pour avoir un sens de l'orientation absolument désastreux. Sans qu'on le lui demande, le bras de la platine se souleva et le plateau sous le disque ralentit. Billie courut dehors et, se frayant un chemin à travers le troupeau bêlant qui par réflexe lui céda le passage – méfiant face au rouge de son pull –, elle sauta dans les bras d'Isak. Rafael s'immobilisa sur le seuil de la maison, observant ce jeune garçon qui, serrant Billie contre lui, murmura à son oreille de sorte que personne ne l'entende :

— C'est qui, ce type à la porte ?

— Le nouveau fermier de la Forêt aux rennes, répondit Billie avant de déposer un baiser sur sa joue froide et barbue.

La peau tannée et épaisse, il exhalait la même odeur que le vent.

— Où sont tous les autres ? lui chuchota-t-il avant qu'ils se dirigent vers la porte, car le comité d'accueil était moins nombreux que ce à quoi il s'attendait : un seul homme, parfait inconnu vêtu d'une blouse blanche de fermier, le même genre qui recouvrait le haut du corps de Marius ce matin de printemps où ils s'étaient dit au revoir.

Mais Billie ne répondit pas à sa question. D'autres en auraient l'occasion plus tard. Isak la reposa par terre et alla serrer la main de Rafael qui lui fit signe d'entrer. Le berger, pourvu d'une longue barbe descendant jusqu'au milieu de son torse, un gros sac en toile sur l'épaule, mit sa canne en équilibre contre le cadre de la porte. Rafael alluma la cigarette qu'il s'était fabriquée.

— C'est une cigarette faite maison, expliqua-t-il. Tout est fait maison ici, dans notre maison.

Il retira ses tongs et, pieds nus, pénétra dans la cuisine pour préparer du café, en parfait maître des lieux. Isak observa les orteils du nouveau fermier, lui-même pieds nus dans de robustes sandales en cuir. Ni l'un ni l'autre ne devaient se sentir menacés. En général, les hommes aux pieds nus sont des pacifistes.

— Assieds-toi, monsieur le berger, dit Rafael, semblant d'humeur joyeuse.

Isak s'empara de la guitare appuyée au mur et, l'instrument dans les bras, s'assit à la table de la cuisine. Ses doigts se mirent en quête des premiers accords. Rafael disposa deux tasses, un verre de lait et des pâtisseries sur la table. Le café terminé, les deux hommes s'évitèrent du regard. Billie ne les fixait qu'avec plus d'intensité, incapable de décrypter les sentiments qui les étreignaient, comme lorsque la nonne et le soldat se trouvaient l'un face à l'autre à la table de la salle à manger. S'agissait-il d'amour, de haine, de peur, de méfiance, de rage, ou simplement d'un sentiment de vide ? L'un maigre et courbé, pour ainsi dire en haillons comme un clochard, avec une guitare dans les mains. L'autre épais, musclé, les manières policées. Prise d'un hoquet, Billie renversa accidentellement son verre de lait. Rafael se leva, les yeux d'Isak suivant chacun de ses mouvements, et essuya la table avant de se rasseoir.

— Je peux avoir un autre verre ? demanda-t-elle.

— Hmm.

Rafael la resservit et remplit les tasses de café. Isak reposa la guitare. Billie commença à marmonner quelque chose au sujet des moutons, s'essayant à l'art de la conversation. C'était l'occasion rêvée de faire ses preuves, car elle jouait ici le rôle d'intermédiaire, en quelque sorte. Elle connaissait ces deux hommes qui eux ne se connaissaient pas. Elle devait se montrer à la hauteur. Elle poursuivit en disant qu'elle ignorait qu'il y avait autant de moutons dans le monde, étaient-ils aussi nombreux au printemps, avait-elle déjà oublié ? Isak expliqua être tombé sur un nombre inhabituel de moutons errants cet été, en raison de la guerre, et les avoir intégrés au troupeau pour qu'ils ne restent pas dehors l'hiver venu. La saison avait été longue et chaude ; s'il avait fait cela pour l'argent, il aurait sans doute pu tirer profit de ces moutons perdus, mais ce n'était pas son genre, précisa-t-il d'un ton entendu, comme le font les gens qui cachent dans leurs mots des messages politiques importants.

— On ne tire pas profit du malheur des autres, conclut-il.

Rafael hocha la tête :

— On ne tire pas profit du malheur des autres, répéta-t-il.

Une jolie phrase qu'il ajouterait à sa collection.

La bonne nouvelle, c'était que ces moutons pourraient bénéficier d'un abri, Isak estimait donc avoir accompli sa mission.

— Les bergeries sont prêtes, non ? demanda-t-il à Rafael qui acquiesça.

— Oui, oui, plus que prêtes.

— Et la grange est pleine de foin pour l'hiver ?

— Oui, oui, plus que pleine.

Ils se turent, et Billie reprit ses responsabilités de maîtresse de cérémonie. Soffia serait assurément fière de sa fille, véritable initiatrice de conversation, à table avec ces deux remarquables chevaliers servants.

— Tu as une belle coupe de cheveux, Isak, dit-elle.

Il avait les cheveux coupés à ras et la barbe longue, sauvage et légèrement ondulée, comme celle d'un poète. Il émit un petit rire.

— J'emporte mon kit de coiffure partout où je vais. Parfois, pendant que les moutons se gavent d'herbe des montagnes, je n'ai rien de mieux à faire que de m'entraîner à me couper les cheveux devant un petit ruisseau à la surface lisse comme un miroir. C'est à se demander si on ne se fait pas beau surtout pour les moutons. Seul avec eux, je suis un vrai boute-en-train. Je deviens tellement sérieux avec les gens. Alors qu'avec les bêtes, je fais le clown. Merci, Billie, ravi que ma coiffure te plaise.

— Hmm, c'est doux, dit-elle en passant la main sur sa barbe.

Elle différait des autres barbes qu'elle avait touchées en ceci qu'elle ne piquait pas. Soupçonnant que Rafael puisse ressentir une pointe de jalousie, elle lui fit remarquer que sa barbe à lui aussi serait douce s'il la laissait pousser.

— Je peux voir ton kit de coiffure ? demanda celui-ci à Isak, qui plongea la tête dans son sac en toile.

Il s'agissait d'un kit professionnel, enroulé dans

une trousse en cuir munie d'une infinité de compartiments accueillant chacun une paire de ciseaux ou un rasoir.

— Intéressant, commenta-t-il en l'observant en détail.

Isak demanda s'il pouvait utiliser le téléphone. Il était inscrit à l'université et devait donner de ses nouvelles. Annoncer qu'il rejoindrait la ville dès qu'il aurait mis les moutons à l'abri dans leur bergerie, ce qui prendrait trois heures tout au plus. Après quoi il devrait se mettre en route sans tarder – il n'avait pas le temps de passer la nuit ici, cette fois. Ses études ne pouvaient plus attendre. Il avait hâte de découvrir ce que ses camarades penseraient de sa nouvelle coupe de cheveux.

— Je t'en prie, répondit Rafael. On ne peut malheureusement pas te conduire à travers la lande, car la voiture a été la cible d'une attaque à la bombe. D'ailleurs, pour te payer, nous allons devoir faire sauter le coffre-fort. Il vaut sans doute mieux que je m'y attelle tout de suite, n'est-ce pas ? Pas de temps à perdre ? Le berger doit avoir hâte de recevoir son salaire. Afin d'acheter des livres pour ses études, et je ne sais quoi d'autre.

Isak se leva de table et se dirigea vers le téléphone.

Billie aurait voulu que la nonne soit avec eux. Que la nonne et le soldat se marient. Qu'ils attendent un enfant. Que la nonne soit même enceinte jusqu'au cou. Elle aurait voulu les voir fumer la pipe ensemble pendant qu'Isak marchait vers le téléphone. Leur enfant aurait pu être le frère ou la sœur de Billie, peut-être. Mais peut-être que la présence de la nonne n'aurait rien changé.

— Billie, ma grande, va t'enfermer dans le poulailler, lui demanda Rafael.

Debout dans l'entrée, devant le pilier du téléphone, Isak s'apprêtait à attraper le combiné pendant que Rafael scrutait le kit de coiffure.

— Et pour les moutons et les agneaux ? murmura-t-elle.

— Dépêche-toi, fais ce que je te dis, ordonna Rafael avant de glisser le kit de coiffure dans la poche arrière de son pantalon, de se lever et d'aller tirer le bras d'Isak, qui reposa le combiné du téléphone : Viens m'aider à faire sauter le coffre-fort, mon ami. Tu as bien travaillé et tu mérites de recevoir ton salaire.

Ils se rendirent dans le bureau contenant les dossiers administratifs, le coffre-fort et la porte-fenêtre derrière laquelle les rosiers étaient en fleurs, un parfait arrière-plan romantique pour un portrait photographique. Jenny les avait fait poser ici, devant la fenêtre, un matin, activant le retardateur de l'appareil photo avant de courir les rejoindre et de s'écrier : « Tout le monde sourit ! » Tout le monde avait souri. L'appareil avait émis un tic-tac puis le bouton s'était enfoncé et relevé. Une photographie désormais prisonnière d'une pellicule dans un appareil photo perdu, comme un fœtus qui ne vient jamais au monde. Tandis que Billie se tenait sur le seuil de la maison, feignant de se demander si elle avait envie ou pas d'aller aux toilettes, la porte du coffre-fort céda avec une légère détonation. Elle s'approcha et vit Rafael tendre à Isak quelques liasses de billets qu'il épousseta.

— Tu as droit à un bonus, pour tout le mal que tu t'es donné, tiens. Tu pourras inviter une jolie dame à manger. *On me*. Ce n'est que justice, tu ne crois pas ?

Rafael se chargea lui-même d'enfoncer les liasses dans le sac en toile d'Isak.

— Tu ne peux pas m'acheter, personne ne peut m'acheter, répliqua celui-ci. Je ne veux que le salaire prévu initialement. Je refuse de…

— Tu ne tires pas profit du malheur des autres, tu ne reçois que ce que tu mérites, mon ami. Après tout ce que tu as mis en œuvre pour sauver les moutons et les agneaux d'autres éleveurs, pense à ça. Que serait-il advenu de ces jolies bêtes si tu n'avais pas été là ? Le monde a besoin de gens comme toi.

Rafael se pencha sur le coffre-fort, offrant à Billie, restée dans l'entrée, la vision de son postérieur en l'air. Toujours gênée lorsqu'elle voyait des fesses pointant vers le ciel, elle estima plus sûr de baisser les yeux. Pas croyable, celui-là. Devant Isak. D'enfoncer sa tête dans un coffre-fort. Elle entendit Rafael dire :

— Ça alors. J'ai trouvé un gros livre, là-dedans.

— Seule Billie a le droit d'y toucher, répondit Isak, et l'intéressée sentit un afflux sanguin lui monter à la tête.

Son cœur s'emballa et elle se figea. Qu'avait-elle seule le droit de toucher, cette fille combattant son cœur battant ? Elle parvenait à peine à retrouver son souffle. Voilà ce que devait ressentir une voiture de course lorsqu'on appuyait à la fois sur l'accélérateur et le frein tout en donnant des coups de volant. Des forces opposées tiraillant un seul corps. Caché par la loi du silence. Besoin de faire du bruit, de signaler sa présence. Gêne et honte que l'attention tombe d'un coup sur sa personne. « Seule – Billie – a – le – droit – d'y – toucher. » Que lui arrivait-il, au juste ?

— Le livre de lois d'Abraham, père de Billie, pantin et philosophe amateur des questions de droit, entendit-elle Rafael réciter, comme s'il lisait un papier à voix haute.

Elle reconnaissait ce style.

— Je lègue ce livre à Billie, fille d'Abraham, ma fille, en espérant que les écrits contenus dans ces pages ne soient lus par personne d'autre qu'elle. Respectueusement. Ton père. Ce livre est la propriété de Billie, poursuivit Rafael.

Le sang bouillonnant dans ses veines, elle se précipita dehors, zigzaguant parmi les moutons qui se poussèrent sur son passage – la couleur rouge était bien visible pour des yeux de moutons –, puis elle se rendit dans la serre où elle attrapa l'aspirateur. Un aspirateur qui n'était utilisé qu'à l'extérieur de la maison : dans la serre, le garage ou la voiture. Personne ne semblait avoir réfléchi au fait qu'il fallait également passer l'aspirateur chez les poules. Les pauvres. Les pattes dans la fiente à trimer jour après jour pour pondre des œufs. Elle alluma la lumière dans le poulailler. Les poules étaient toutes là, à leur place, s'y étant réfugiées à l'arrivée du troupeau qui avait envahi chaque centimètre carré du terrain comme les spectateurs d'un concert de rock dans un stade, serait-on tenté de dire, même si cela semble fou de dire une chose pareille. Elle ferma la porte et brancha l'aspirateur à une prise qui, jusqu'ici, ne servait que pour des lampes ou des couteaux électriques et appuya sur le bouton Marche – un bâton vertical dans un cercle. Incroyable, le tintamarre que ce simple appareil pouvait émettre, mais rien à faire. C'était comme ça. Les aspirateurs prenaient beaucoup de place dans les oreilles ; il faut dire qu'ils devaient ingurgiter un paquet de saletés et les conserver à l'intérieur. Elle rappuya sur le bouton. Qui cette fois portait le nom d'Arrêt. Il faut préfacer chacune de ses actions. L'aspirateur se tut. Billie s'éclaircit la gorge :

— Bonjour, mes petites poules. Je suis le bonhomme à ressorts. Je dois passer l'aspirateur ici, voyez-vous. Aujourd'hui c'est samedi, le jour où l'on fait le ménage dans l'habitat des humains mais aussi celui des poules – pas toutes les semaines, cependant, car les exigences sont moindres dans le règne animal. Peut-être parce que la nature a l'habitude de se nettoyer toute seule ; mais en même temps, comment voulez-vous passer le balai ? Le vent, balai naturel de Dieu, ne peut pas rentrer dans ce poulailler, n'est-ce pas ? Mes pauvres créatures. Toujours à marcher sur un lit de fiente. Même si je suis un peu jalouse de vous. Un peu. Pas beaucoup. Juste un peu.

Elle appuya sur le bouton Marche et aspira le domicile des poules. Une tâche exigeante et nécessaire dont on aurait pu avoir l'idée plus tôt. Puis elle appuya sur le bouton Arrêt. Un seul objet portant deux noms d'une nature contradictoire – épique ! Comme si elle était la fille de Soffia un jour sur deux, et celle d'Abraham le reste du temps. La fille de Soffia de minuit à midi, celle d'Abraham de midi à minuit. Ou l'inverse. Bouton marche-arrêt. Fille d'Abraham et de Soffia, fille de Soffia et d'Abraham, d'Abraham et de Soffia la fille. Elle tira sur le fil de l'aspirateur pour le débrancher et s'allongea un instant, comme on aime le faire après un bon ménage. C'est du moins ce dont ses parents avaient l'habitude le samedi avant d'aller prendre un bain, car ça aussi, on le fait le samedi : on se nettoie après avoir tout bien nettoyé autour de soi. Bonne idée, de marquer une pause entre deux séances de nettoyage avec un petit somme. Billie se coucha avec les poules et s'endormit au doux son des bêlements à l'extérieur, dans l'air épais chargé de duvet, de fiente et d'œuf, les véritables lois de la nature, une production constante et sans répit. Deux poussins vinrent se blottir contre son cou et s'endormirent à leur tour. La tête haute, l'une des poules se tenait près de ses baskets roses, fixant Billie attentivement pendant qu'elle dormait. La terre grondait sous les centaines de pattes des moutons et agneaux déjà grands. Mais lorsque Billie se réveilla, les bruits du monde n'étaient plus du tout les mêmes. Elle jeta un coup d'œil par un interstice de la porte. Rien à signaler dans l'allée ni dans le jardin de devant, mais dans le coin à côté de la table en granit, juste en face du buisson derrière le mur où l'on prenait autrefois plaisir à s'allonger ou s'asseoir à l'abri du vent – elle-même s'y installait souvent avec une dînette, un livre ou un jeu de société – gisaient vingt moutons et vingt agneaux, tous morts. Surplombant les cadavres de toute sa hauteur, Rafael fumait, la main appuyée sur une hache. Il portait son pull à col roulé bleu et un bonnet orange. Par-delà la clôture, un troupeau perdu descendait vers le fond de la vallée. Leurs bêlements s'éloignaient. Il faisait frais et Billie n'avait pas emporté son manteau en partant de chez elle, juste un ciré et une veste en jean. On reçoit souvent un manteau à son anniversaire, surtout lorsqu'on est né en automne. Elle se glissa hors du poulailler, et traversa à quatre pattes la pelouse avant de s'allonger aux pieds de Rafael, chaussés de bottes militaires tellement propres qu'on pouvait presque se voir dedans. Il jeta sa cigarette et prit Billie dans ses bras.

— Je suis un fermier qui ne sait pas abattre les bêtes. J'ignore comment m'y prendre, que faire des corps pour l'hiver, comment les dépecer.

Billie balaya du regard ces réserves de nourriture avant de se réfugier dans le cou du soldat et de fermer les yeux, car elle n'était pas tout à fait réveillée. Polissonne. Devenue nana. Que pouvait bien ressentir Maria sans l'odeur de Marius ?

— Si quelqu'un nous rend visite, Billie, à partir de maintenant, tu veux bien faire semblant d'être ma femme ? demanda Rafael, caressant ses longs cheveux tout emmêlés après le ménage et la sieste dans le poulailler.

Elle ne réfléchit pas très longtemps :

— Peut-être que ce serait mieux si je disais que j'étais ta fille ou ta sœur ?

— Non, je ne veux pas prétendre être ton père ou ton frère. C'est trop sacré.

Le jeu promettait d'être soit amusant, soit étouffant.

— Peut-on être la femme de quelqu'un sans établir un contrat de mariage ? demanda la propriétaire d'un livre de lois – même si elle n'était pas censée être au courant que le livre avait été retrouvé dans le coffre-fort, elle avait envie d'amener l'air de rien la conversation dans cette direction. Mais pour la signature d'un tel contrat, il faut la présence d'un témoin qui accepte de ratifier le document en sa qualité de témoin.

Ça, c'était ce qu'elle savait du mariage. Rafael s'apprêta à reposer Billie comme un soupirant éconduit qui s'autorise à bouder pour un rien.

— Les poules, le chat, la vache et les poupées peuvent signer, s'empressa-t-elle d'ajouter en s'accrochant à lui.

— Tu seras donc ma femme si nous organisons une cérémonie de mariage avec les animaux et les poupées en guise de témoins ? demanda-t-il en la regardant dans les yeux.

— Nous laisserons les poules signer le contrat, et nous le tamponnerons en trempant les pattes du chat dans de l'encre, dit-elle, mais elle ne voulait surtout pas passer pour une future mariée exaltée qui, ivre de joie, ne met plus aucune limite à ses idées.

Son corps refusait d'être ce genre de future mariée.

Ils se redirigèrent vers la maison. Avant d'entrer, elle patienta un instant sur le palier pendant que Rafael faisait le ménage. Mais elle refusa de franchir le seuil dans ses bras, comme il en émit le souhait après avoir lâché son balai. Elle se laissa simplement guider à l'intérieur, après quoi il lui transmit sa dot, en l'absence des parents :

Le livre de lois d'Abraham, père de Billie,
pantin et philosophe amateur
des questions de droit

Il lui expliqua avoir trouvé l'objet dans le coffre-fort – il valait mieux qu'elle le reçoive immédiatement. Billie le manipula et, le glissant sous ses narines, sentit une odeur d'orange, de tabac et de barbe. Ils s'assirent côte à côte à la table de la salle à manger – jusqu'ici, ils s'étaient toujours installés face à face. Elle ouvrit le livre de lois, introduit par les mots suivants :

La vie est une occasion en or pour quiconque vient au monde.

XLV

Billie tourna les pages jusqu'à la table des matières : De la naissance. De l'enfance et de la jeunesse. Des sentiments. Des finances. De la vieillesse. De la barbarie. De la douceur. De la compréhension. De l'incompréhension. De la criminalité. Du meurtre. De la différence entre le bien et le mal. De la propriété et de la possession. Des dents. De la nécessité de l'écoute pour la fonction cérébrale. Du devoir de chaque homme et de la loyauté à son corps. De la loyauté en général. De l'union. De la séparation. De la télécommunication. De la religion. De la maladie et des accidents. Du mariage au sens large. Du mariage au sens restreint. De la cérémonie de mariage. Ah, voilà. Elle alla à la page dix-sept.

— C'est un véritable honneur pour moi de devenir le gendre d'Abraham, même si c'est pour de faux, dit Rafael. Une étape nécessaire à franchir pour que la vie à la Forêt aux rennes s'épanouisse. Oui, un véritable honneur de devenir le gendre d'un homme qui s'est adonné à un tel projet et a transmis à sa fille un épais livre écrit entièrement à la main.

Aïe, voilà que son futur époux avait sombré dans la mièvrerie la plus profonde. C'était toutefois prometteur, même s'il fallait bien admettre qu'il ne restait plus grand-chose à tuer, en dehors des poupées, des poules, du chat et de la vache, et il y avait peu de chances que cela arrive, étant donné qu'ils étaient encore vivants.

Page dix-sept :

Du mariage au sens large.

Il est bon d'aimer quelqu'un, mais ni l'amour

ni le sexe ne sont des conditions impératives au mariage. Bien qu'il soit encore interdit à ce jour que des proches parents se marient. Selon les vestiges de notre ancienne société paysanne, le mariage se définit comme l'espace où la sexualité constitue une unité fondamentale, de la même manière que la terre du fermier, aux contours délimités par sa clôture, constitue son espace de travail, où des animaux sont élevés ou des plantes cultivées par l'intervention d'un être humain. Le mariage est un accord conclu entre deux (voire plus, dans un avenir où le mariage sera redéfini) individus qui se promettent d'entretenir un foyer ensemble. Un, deux ou plusieurs individus concluent le même genre d'accord en créant une entreprise, mais au lieu de travailler dans le domaine des affaires avec le marché pour moteur, on travaille ici dans le domaine du foyer avec les besoins du corps et de la personne pour moteur. Dans la vie, chacun trouve un moyen de se rendre nécessaire aux autres, ce qui provoque une brèche – temporaire – à sa mort ou lors de tout autre type d'absence. Ainsi chaque époux se rend-il indispensable à l'autre dans le mariage, pour provoquer (temporairement) une brèche (un vide) à sa mort ou lors de tout autre type d'absence. C'est là l'objectif même du mariage. Partager l'espace, le temps et la nourriture sous un seul toit. Le prêtre aussi s'assure d'être nécessaire, alors qu'en vérité nul n'a besoin d'un homme comme lui. Mais afin de pouvoir se loger et se nourrir, il s'est garanti un rôle indispensable dans la cérémonie du mariage. En tant que témoin, substitut de l'humanité et des puissances de l'au-delà.

— C'est intéressant, commenta Rafael d'un ton grandiloquent.

Billie, qui n'avait aucune envie de poursuivre cette lecture ni de consacrer davantage de temps à ce jeu, se laissa glisser sur sa chaise, avec l'intention de ramper sous la table pour prendre la poudre d'escampette, mais Rafael la rattrapa par la nuque :

— Tu ne veux plus te marier avec moi ?

— Non, non, le fait de quitter sa chaise ne signifie pas qu'on ne veut plus se marier avec quelqu'un.

— Je veux qu'on en finisse. Je n'irai pas me coucher autrement qu'en homme marié. Je ne veux pas courir ce risque, si jamais quelqu'un nous rendait visite. Ici, il y a toujours du monde qui vient à l'improviste.

Il se leva.

XLVI

Ils placèrent les poupées sur le bureau dans la pièce contenant les vestiges du coffre-fort, les papiers administratifs et la porte-fenêtre donnant sur les rosiers. On aurait appelé ça le premier rang, si les poupées s'étaient trouvées dans une église.

Ragga et Sara échangèrent des messes basses, surprises de voir une petite fille se marier, mais il faut dire que les gamins mûrissent plus vite de nos jours, et qu'à la campagne les règles ne sont pas les mêmes. Les enfants sont des acteurs respectés de la vie rurale. Rien à voir avec ces beignets au chocolat qui habitent en ville, des consommateurs et rien de plus. Des tirelires-cochons. À la campagne, les enfants sont de vrais cochons de chair et de sang. Elles finirent par se lasser de leur propre conversation – qui a l'énergie de parler de cela ? – et bâillèrent en chœur, car en vérité elles se moquaient bien de la différence entre une tirelire-cochon et un cochon de chair et de sang. Assise avec Nounours à côté d'elles, Gugga avait une corde autour du cou, car elle avait tenté de se pendre plus tôt ce mois-ci. Les poupées de papier étaient installées au second rang, certaines nues, d'autres en vêtements de papier. Difficile de garder le chat à sa place. « Reste ici mon minou, Rafael et moi allons nous marier. » Après quoi Billie éternua. Rafael posa un bol de lait au pied du bureau, ce qui sembla fonctionner. Ils allèrent ensuite attraper quelques poules et les firent entrer dans la pièce.

Billie plaça le tabouret de la cuisine devant la porte-fenêtre. Un décor romantique. Elle se précipita ensuite dans sa chambre où elle enfila une chemise de nuit lui arrivant aux chevilles et se glissa dans ses chaussons à têtes de lapins. Dans la salle de bains, devant le miroir des enfants, elle se coiffa une mèche après l'autre, éliminant les nœuds de ses cheveux. Elle avait un jour vu dans un film une jeune mariée se coiffer de la sorte devant un miroir. Mirror, spejl, espejo. Puis elle accrocha des boucles jaunes à ses oreilles.

Rafael revêtit son uniforme de l'armée, hissa la mitraillette sur son épaule et se positionna devant la fenêtre.

Le joli lustre du plafond était allumé – un héritage du père de Marius, qui s'était manifesté juste avant sa mort afin que quelqu'un puisse se marier sous son beau lustre dans une vieille ferme au cœur d'une vallée isolée du monde quelques années plus tard.

Billie grimpa sur le tabouret, aidée de Rafael. À ce moment, tandis qu'il lui prenait la main afin qu'elle escalade plus facilement le tabouret, elle se sentit brièvement impliquée dans le jeu, elle qui jusqu'ici peinait à contenir sa mauvaise humeur. Mais elle avait déjà entendu les amies et amis de Soffia dire que la plupart des gens se sentaient bizarres le jour de leur mariage. L'un avait eu quarante de fièvre. Un autre avait vomi avant *et* après la cérémonie. Un autre avait pleuré et pleuré comme s'il ne voulait pas se marier, alors que c'était un de ses souhaits les plus chers. Un autre s'était évanoui. Un autre s'était uriné dessus. Un autre avait fait une crise d'épilepsie pour la première fois de sa vie. Soffia et Abraham, eux, ne s'étaient jamais mariés. Je t'épouserais si je me faisais du souci, mais ce n'est pas le cas, avait dit Soffia à Abraham. Alors pourquoi se marier ? On ne se marie que lorsqu'on a les nerfs en pelote, afin de les calmer, Abraham. Au lieu de cela, ils fêtaient l'anniversaire de la vanité, le quatorze janvier de chaque année, car la vanité équivalait à l'amour. Rafael était probablement nerveux. La condition nécessaire, à savoir l'inquiétude, était donc bien présente. Il tendit le livre de lois à Billie, qui en lut le préambule :

— La vie est une occasion en or pour quiconque vient au monde. Vivre, c'est marcher la tête haute tel un soldat et courbé tel un humble fermier en direction de sa fin avec les mains pleines d'un or invisible.

Refermant le livre dans un claquement, elle le jeta par terre. Elle n'avait aucune envie de continuer à lire. Qui peut croire qu'une fille comme Billie aurait le courage d'en lire davantage au sujet de l'or qui brille et de l'or qui ne brille pas et de l'or du soleil et des occasions en or de la vie ?

— Je déclare donc Billie et Rafael unis par le mariage devant Dieu et les hommes, dit-elle, et Rafael effectua le salut militaire.

Les poules tournèrent les talons, conscientes – contrairement aux poupées – que la cérémonie était terminée, puis elles se dirigèrent vers la porte fermée, qui s'ouvrit automatiquement comme dans un film de fantômes.

Le couple prit la pose devant un photographe invisible dont le flash invisible s'illumina, car la nuit était en train de tomber et l'appareil y était sensible – restait à espérer que le flash ne se refléterait pas dans la fenêtre derrière eux et que la photo mettrait bien les roses en valeur.

Rafael tira un carnet noir et un stylo de la même couleur de sa poche poitrine. Les deux portaient son nom et l'inscription *ubi bene, ibi patria* en lettres d'or. Il ouvrit le carnet et tendit le stylo à Billie. « Tu veux bien signer ici ? » demanda-t-il. Billie écrivit son nom sous le texte suivant :

Le soussigné Rafael Auguste, membre C du régime d'infanterie B-3, a épousé Billie, fille d'Abraham, en ce jour d'automne. Ce mariage est une union d'intérêt entre les deux partis, qui ont décidé de joindre leurs forces afin d'entretenir la ferme de la Forêt aux rennes, de subvenir aux besoins des animaux et de cultiver la terre. Étant donné l'âge de la mariée, ils ne se comporteront pas comme un homme et une femme dans un lit conjugal.

— Tu ne veux pas que le chat tamponne avec sa patte ?

Il ne le voulait pas.

Le carnet noir attira la curiosité de Billie, apaisant les perturbations de son humeur qu'on aurait sans doute, songea-t-elle, pu qualifier d'obstination. Je fais preuve d'une telle obstination envers mon cher Abraham, avait-elle entendu Soffia dire. D'où te vient cette obstination ? l'avait-elle également entendu dire, et un beau jour elle adresserait ces mêmes mots à quelqu'un, si ce n'était à elle-même. Mais aujourd'hui elle n'en avait pas le courage, et surtout pas à cet instant, alors que ce carnet noir s'imposait de la sorte entre elle et son obstination, attisant une envie et une curiosité vacillantes. Il fallait espérer qu'elle puisse en feuilleter les pages à l'occasion. Elle ramassa prudemment le livre de son père. Ce n'était pas juste, de jeter un livre par terre pour en regarder un autre avec une telle avidité.

— Je peux ? demanda son époux en désignant le livre de lois.

Rien ne servait de l'imiter et de demander « je peux » en désignant le carnet noir, elle en était bien consciente : la question pourrait se révéler dangereuse. Le carnet abritait sans doute des informations et papiers militaires hautement confidentiels. Billie tendit le livre de lois de son père à Rafael.

— Désormais, Abraham et Marius seront mes modèles, dit-il en glissant de nouveau le carnet noir dans sa poche avant de filer dans le salon et de s'asseoir sur le fauteuil à bascule recouvert d'une peau de daim.

Rassemblant toutes les Barbie, Billie les jeta dans le panier en plastique rouge, puis en fit autant avec les poupées en papier. Elle s'ennuyait. Même si c'était une honte d'éprouver de l'ennui alors que tant de gens étaient morts. Une honte, un scandale. Pour un peu elle aurait tapé du pied par terre, comme une vieille dame faisant la leçon à des enfants, parce que c'était une honte absolue de s'autoriser à s'ennuyer. Que faire, à présent ? Le poirier ? Elle s'exécuta et fit le poirier un moment dans l'entrée avant de rejoindre le salon et de s'allonger dans le canapé avec le recueil de poésie pour écoliers.

Elle ne l'ouvrirait pas à la page du poème qu'elle prenait parfois plaisir à lire en solitaire, celui qui lui donnait les larmes aux yeux vers la moitié de la troisième strophe. Jamais elle ne le lirait en présence de quelqu'un. Elle se contenta de chercher un autre poème, comme on le fait en tant qu'épouse d'un homme qui se divertit en dévorant le livre de lois de son beau-père. Elle avait déjà vu ça dans un vieux film. Un couple lisant, assis dans le salon le soir venu. Ses parents l'avaient fait, eux aussi. Mais ce qu'ils pouvaient être mièvres ! Entre deux moments où ils ne l'étaient pas du tout. Ou peut-être étaient-ils tout le temps mièvres. Sa maman et son papa. Sentimentaux et sacrés.

Les ténèbres remplissaient toute la baie vitrée, car désormais la nuit tombait plus tôt. Billie glissa ses pieds sous le plaid coloré tricoté au crochet. Elle entendit un bê. Bê, bê. Un bê distant. Puis la vache meugla et rejoignit son refuge pour la nuit. Le chat sauta sur les genoux de l'époux dans le fauteuil à bascule. Appuyant sa tête sur le coussin vert, Billie passa la page du poème qu'elle ne lirait jamais en présence de quelqu'un et ajusta sa position sous le plaid coloré. Elle n'avait emporté que des vêtements d'été dans ce camp pour les enfants des gens de la ville à la Forêt aux rennes, mais au moins elle avait son gros pull rouge. Elle avait trouvé une écharpe, un bonnet et des gants dans le panier près de l'étagère à chaussures, et déniché des collants jaunes dans l'armoire rouge. Peut-être que Rafael, qui avait promis de lui confectionner un bonnet en fourrure de lapin, pourrait aussi lui faire un manteau en peau de mouton. Voilà qui serait digne d'un époux. Que pouvait bien ressentir Maria sans l'odeur de Marius ?

XLVII

Un homme avec des lunettes de soleil se tenant devant une station-service sur une autre planète éteint la lumière du parking. Il y a une cuve de stockage, elle est rouge et le reste même une fois la lumière éteinte. Un chien se lève de son panier et suit l'homme à l'intérieur. Cette station-service ne comporte pas de restaurant comme dans de nombreuses autres stations-service, ni de magasin proposant des cartes postales, des lampes torches, des gants de protection, de la ficelle, des éponges ou des pinces. Ici, l'essence n'est pas à vendre, pourtant il y en a bien assez. Deux portes encadrent le sas d'entrée, une donnant sur l'extérieur et la deuxième sur l'intérieur. L'homme les traverse et le chien lui emboîte le pas. La nouvelle pièce est éclairée par une imposante lampe suspendue au plafond, au-dessus d'une grande table épaisse qui accueille un corps en morceaux. Un autre homme, qui ne porte pas de lunettes de soleil, soulève de la table le bras gauche du corps et se dirige vers une étagère où s'entassent d'autres bras – tous gauches. Puis il s'empare du bras droit et le range sur une autre étagère, chargée cette fois de bras droits. Il prend une jambe et la range sur l'étagère des jambes gauches, l'autre jambe sur l'étagère des jambes droites, les pieds suivent le même chemin vers leur propre étagère, gauche, droite, gauche, droite. Le torse est disposé dans un coffre, mais l'étroite tête finit dans une corbeille à papier, car les têtes sont toutes différentes, et on ne doit jamais les réutiliser. Il met les vêtements du pantin à tremper pendant la nuit. Une fois le soleil levé, il les accrochera à des cintres et les laissera sécher dehors. L'homme qui vient de rentrer, accompagné du chien, s'assied dans un fauteuil à bascule et se frotte les yeux après avoir retiré ses belles lunettes de soleil qu'il a l'habitude de porter parce qu'il n'y voit rien du tout.

À présent, il va falloir envoyer quelqu'un d'autre pour collecter les lois et éthiques en vigueur sur la planète Terre. Il se peut qu'on doive à nouveau attendre cinquante ans avant son retour, voire qu'il revienne les mains vides, comme celui-ci. Dis, camarade, on peut supporter d'attendre cette collection de lois terrestres pendant une éternité ?

Oui, oui, pourquoi pas ? répond l'autre en enfonçant un peu mieux la tête dans la corbeille, avant de jeter par-dessus des feuilles vierges retrouvées sur le pantin.

Ou alors, nous pouvons en envoyer plusieurs en même temps, une armée entière de pantins dont la mission serait de compiler ces informations, propose l'aveugle. Mais je crains que nos effectifs ne nous le permettent pas. Ces marionnettistes sont ingérables. Des malades d'amour, des alcooliques.

Non, les marionnettistes ne sont pas ingérables,

rétorque l'autre. Par ailleurs, les gens d'esprit aiment aller boire dans les bars, où ils peuvent patiemment partager leur sagesse. Un collectionneur de lois et principes philosophiques trouvera donc aisément ce qu'il cherche en fréquentant ces établissements.

Il y a tellement d'incohérence dans la pensée terrienne, c'est terrible. Il est peut-être vain de vouloir compiler leurs lois. L'aveugle secoue la tête.

Nous n'avons pas le droit de baisser les bras. Je vais tout de suite aller jeter cette tête dans le container. Elle va semer la confusion dans nos rêves, si elle passe la nuit dans la corbeille. Je la sors immédiatement.

Dis, je peux jeter un coup d'œil à ces pages blanches qu'on a retrouvées dans ses vêtements ?

Elles sont vides et tu n'y vois rien, il n'y a pas un mot dessus et toi tu es aveugle comme une taupe.

L'homme assis dans le fauteuil à bascule se masse de nouveau les yeux avant de remettre ses lunettes de soleil. L'autre lui tend les feuilles blanches tandis qu'il sort avec la corbeille. L'aveugle renifle les pages, les colle contre son nez : elles ont une odeur de cabinet dentaire. La tête a atterri dans le container. L'énorme cuve de stockage sur le parking lâche un pet, la pompe éructe tandis qu'une goutte s'écrase par terre, scintillante comme un joyau à mille watts, ses rayons visibles dans toute la voûte céleste. Billie les aperçoit depuis la fenêtre du salon et se tourne vers Rafael, encore plongé dans la lecture du manuscrit que les hommes de l'autre planète auraient aimé avoir sous la main. Désormais, elle ne possède plus seule ces écrits que son père a chapardés à l'autre planète pour les offrir à sa fille ; quand on est mariés, on ne possède plus rien seul, mais peu importe. La Terre n'appartient à personne. Et Billie, à qui appartient-elle ? Rafael éclate de rire. Puis il lève les yeux de son livre, comme s'il sentait son regard peser sur lui. Il lui demande de l'écouter et lit à voix haute :

— Il est une chose que le législateur ne peut légiférer : ce sont les vœux des gens. Les décideurs se rendent certainement bien compte du pouvoir et de la puissance des vœux de leurs citoyens, c'est pourquoi ils les surveillent attentivement. À noter que les vœux sont hautement contagieux. Il appartient aux chanteurs et aux poètes de mettre en mots les vœux muets des gens. Une grande responsabilité repose sur leurs épaules.

Le corps de Rafael se tortille sous les effets de son rire.

— C'est tellement sincère et primitif, commente-t-il.

Billie se cure discrètement le nez. Il continue de lire pendant qu'elle s'affaire. « Écoute ça. » Il rit. D'un rire mignon.

— Les gens doivent être maîtres de leur vie. Les gens doivent être libres à tous égards. Personne ne doit rien posséder. Les biens doivent être aussi libres que les gens. Un homme ne doit pas posséder une route et réclamer une taxe à quiconque veut l'emprunter. Les prêtres ne doivent pas réclamer une taxe pour prier. Un commerçant ne doit pas réclamer une taxe sur les fruits de la terre. Une compagnie téléphonique ne doit pas réclamer une taxe sur la communication. La vie après la naissance devrait être aussi gratuite que lorsque le fœtus est dans le ventre de sa mère.

Il relève les yeux et fixe Billie :

— Un drôle de loustic, plutôt grave et un peu dépressif, mon beau-père, ton père.

— Tu viens jouer aux Barbie ? demande Billie.

— Pourquoi pas ? répond Rafael. Bonne idée.

Il se lève, et lorsqu'il se retrouve à côté de la bibliothèque pour attraper le panier en plastique rouge, son corps se transforme et, d'un corps d'époux et de soldat, devient celui d'un petit garçon. Billie se lève. Elle n'a pas vraiment envie de jouer aux Barbie. Elle sent que quelque chose a changé depuis qu'elle s'est mariée. Elle n'est plus aussi attardée qu'auparavant, mais elle s'exécute, puisque l'idée vient d'elle, et tous deux prennent place par terre.

— Moi je joue Gugga et Sara, toi tu joues Nounours et Ragga, ordonne Billie, et sans autre forme de procès, elle se laisse absorber par le jeu.

LA COUVERTURE DES
Enfants de la Forêt aux rennes
A ÉTÉ CRÉÉE PAR DAVID PEARSON
ET IMPRIMÉE SUR OLIN ROUGH
BRIGHT WHITE PAR NORMANDIE ROTO
IMPRESSION S.A.S. À LONRAI.

LA COMPOSITION DE CE LIVRE,
EN GARAMOND ET MRS EAVES,
A ÉTÉ ASSURÉE PAR NORD COMPO
À VILLENEUVE-D'ASCQ.

IL A ÉTÉ REPRODUIT SUR LAC 2000
ET ACHEVÉ D'IMPRIMER EN FRANCE
PAR NORMANDIE ROTO IMPRESSION S.A.S. À LONRAI
LE VINGT NOVEMBRE DEUX MILLE VINGT-CINQ
POUR LE COMPTE DES ÉDITIONS ZULMA,
À VEULES-LES-ROSES.

ISBN : 979-10-387-0412-1
NUMÉRO D'ÉDITION : 0412
DÉPÔT LÉGAL : FÉVRIER 2026

NUMÉRO
D'IMPRIMEUR
2504736

IMPRIMÉ EN FRANCE